姦計

死神幻十郎

黒崎裕一郎
Kurosaki Yuichiro

文芸社文庫

目次

第一章　逃がし屋

1

寅《とら》の二点（午前四時）――。

人々がもっとも深い眠りに陥る時刻である。

江戸一番の繁華街である日本橋も、さすがにこの時刻になると人影ひとつなく、昼間の賑わいが嘘のように物寂しい静寂に領される。

ひっそりと寝静まった町筋を、轟々《ごうごう》とうなりを上げて風が吹き抜けてゆく。

身も心も凍《い》てつくような寒風である。

その風に吹き流されてきたかのように、どこからともなく一匹の痩《や》せた野良猫が姿を現し、人気《ひとけ》の絶えた大通りをのっそりと横切って、安針町《あんじんちょう》の裏路地に消えていった。

魚河岸に近い安針町には、魚の卸《おろし》問屋や仲買人、小売り商などの家が蝟集《いしゅう》している。

そうした家々から出る魚のアラや内臓が、野良猫にとっては恰好《かっこう》の餌《えさ》になるのだ。

先刻の痩せた野良猫が裏路地をうろついている。

そこにはすでに数匹の野良猫が集まっていた。飢えた猫たちは互いに威嚇《いかく》し、牽制《けんせい》し合いながら、そこかしこのゴミ樽《だる》を漁《あさ》っている。

と、ふいに一匹の猫が何かに驚いたように跳びすさった。と同時に、ほかの野良猫たちもいっせいに身をひるがえし、蜘蛛《くも》の子を散らすように闇のかなたに走り去った。

ややあって、路地の奥の闇を二つの人影が音もなくよぎった。

いずれも黒の筒袖《つつそで》に薄鼠《うすねず》色の股《もも》引《ひ》き姿、黒布で頬かぶりをした男である。一人は中肉中背、肩幅の広い、がっしりした体軀《たいく》の男（弥市《やいち》）、もう一人は五尺二、三寸の小柄な男（伝次《でんじ》）である。

二人の男が足を止めたのは、乾物《かんぶつ》問屋『鳴海屋《なるみ》』の裏手だった。

周囲の闇に鋭い目をくばると、弥市が板塀ぎわにかがみ込み、伝次がその肩に跳び乗ってひらりと塀を飛び越えた。

ほどなく裏木戸が音もなく開いた。弥市が素早く体をすべり込ませる。

庭の植え込みの陰を拾いながら、二人は母屋《おもや》の濡れ縁の前に忍び寄った。

屋内には一穂《いっすい》の明かりもなく、寂《せき》として物音ひとつ聞こえない。

聞こえるのは裏路地を吹き抜ける寒風の音だけである。

伝次が腰に下げていた竹筒をはずし、雨戸の敷居に油を流し込む。そして、弥市が雨戸を引く。かすかなきしみを発して雨戸が開いた。

二人は土足のまま濡れ縁に上がり、身をかがめて廊下の奥に歩を進めた。

と、突然、先を行く弥市の足が釘付けになった。厠《かわや》に向かう奉公人と廊下の角でばったり鉢合わせしてしまったのだ。

「わッ」

奉公人が悲鳴を上げるのと、弥市が懐中の匕首《あいくち》を引き抜くのが、ほとんど同時だった。諸手《もろて》にぎりの匕首が奉公人の胸をつらぬいた。

「ど、どろぼう！」

叫びながら、奉公人は仰向《あおむ》けに転がった。その声を聞きつけて、屋内が騒然となった。奉公人や家人が目を覚ましたのであろう。あちこちで襖《ふすま》が開く音がする。

「面倒だ。一人残らず殺《や》っちめえ」

弥市が伝次に低く下知《げち》した。

廊下の奥から、手燭《てしょく》を持った三人の奉公人が飛び出してきた。番頭と手代らしき男である。弥市と伝次が匕首を振りかざして、三人に躍りかかった。

「うわーッ」

「ぎゃッ」

悲鳴を発して、二人が廊下に倒れ伏した。

「お、押し込みだ！　逃げろ！」

番頭らしき初老の男が廊下に這《は》いつくばりながら叫んだ。その背中に匕首を突き立てると、弥市と伝次は三人の死骸を踏み越えて、廊下の奥に突き進んだ。

寝巻姿の女中や主人夫婦がおろおろと逃げまどっている。血に飢えた山犬のように、弥市と伝次は情け容赦なく切りかかった。

断末魔の叫びが交錯し、おびただしい血しぶきが飛び散る。

まさに阿鼻叫喚《あびきょうかん》、屍山血河《しざんけつが》の地獄絵図である。

「伝次、こっちだ」

居間の襖を引き開けて部屋に飛び込むなり、弥市はまっすぐ床《とこ》の間《ま》に歩み寄って違い棚の上の手文庫を開けた。中に錠前の鍵が入っている。それをつかみ取ると、二人は居間を飛び出して裏の土蔵に向かった。

錠前に鍵を差し込んで、分厚い塗籠戸《ぬりごめど》を引き開ける。

伝次が紙燭《しそく》に火をつける。土蔵の中に淡い明かりが散った。大小の木箱や菰《こも》包みの荷、桐油紙《とうゆがみ》に包まれた骨董品《こっとうひん》などが山と積まれている。

壁の棚の上にひときわ頑丈そうな木箱があった。金箱である。

素早く蓋《ふた》を開けてみた。小判や一分金などがぎっしり詰まっている。二、三百両はあるだろうか。それをわしづかみにして布袋に詰め込むと、二人は土蔵を飛び出して風のように闇の深みに消えていった。

「弥市つぁん」

伊勢堀の堀端通りを走りながら、伝次が先をゆく弥市に声をかけた。弥市が足を止めて振り返った。二人とも頬かぶりをはずしている。弥市は三十二、三歳。蓬髪《ほうはつ》、眉《まゆ》が薄く、目が細い。見るからに凶悍《きょうかん》な面《つら》がまえをしている。一方の伝次は二十六、七歳。目尻が垂れて間延びした顔をしている。

「このへんで別れようぜ」

息をはずませながら、伝次がいった。

「家《やさ》に帰るのか」

「ああ、分け前をもらいてえんだが」

「いいだろう」

弥市がうなずいてふところに手を入れた。次の瞬間、伝次はギョッとなって立ちすくんだ。弥市の手に匕首がにぎられている。

「ま、まさか！」

「気の毒だが、死んでもらうぜ」

「ち、ちくしょう！　騙《だま》しやがったな！」

わめきながら、伝次も匕首も抜き放った。が、一瞬速く、弥市の匕首が伝次の脇腹を突き刺していた。伝次の手からポトリと匕首が落ちた。
二、三歩よろめいたところへ、弥市がさらに留《とど》めのひと突きをくれる。
「わッ」

悲鳴とともに、伝次の胸から音を立てて血が噴き出した。

上体を大きくのけぞらせながら、伝次は掘割に転落していった。

ドボンと水音が立ち、掘割の水面に血染めの泡がわき立った。その泡の中にポッカリと伝次の死骸が浮かび上がった。それをちらりと目のすみに見ながら、弥市は匕首の血糊《ちのり》を塵紙《ちりがみ》で拭き取り、何事もなかったように平然と身をひるがえして走り去った。

それからおよそ四半刻（三十分）後——。

弥市は浜町《はまちょう》河岸《がし》高砂町《たかさご》の、とある小料理屋の前に立っていた。

明かりの消えた軒行燈《のきあんどん》に『千鳥《ちどり》』の屋号が見える。

弥市は四辺《あたり》の闇に鋭い目をくばりながら、障子戸を叩いた。ほどなくして障子戸にほんのりと明かりがにじみ、

「だれ？」

低い女の声がした。

「おれだ」

弥市が応えると、心張棒《しんばりぼう》をはずす音がして障子戸がわずかに開き、手燭の明かりに白い女の顔が浮かび立った。派手な面立ちをした二十五、六の女である。名はお紋《もん》という。

「どうしたんだい？　こんな時分に」

お紋が不機嫌そうな面持ちで見た。

「賭場《とば》で遊んでいたのよ」

そういうと、弥市は障子戸のあいだから素早く体をすべり込ませた。

中は四坪ほどの土間になっており、欅《けやき》造りの卓が二つ、奥に小座敷がある。客が五、六人も入ればいっぱいになるような狭い店である。

「おまえさん、その血は……！」

お紋が瞠目《どうもく》した。弥市の筒袖の胸のあたりにべっとりと返り血が付着している。

「ああ、これか……」

弥市はあいまいに笑った。

「ちょいと賭場でいざこざがあってな」

「喧嘩？」

「まあな。それよりお紋、すっかり体が冷えちまった。一本付けてくんねえかい？

熱いやつをな」

「まったく、おまえさんも身勝手な人なんだから――」

つぶやきながら、お紋は寒そうに寝巻の襟《えり》を合わせ、不貞腐《ふてくさ》れるように板場に入っていった。


北町奉行所の定町廻《じょうまちまわ》り同心・広田栄三郎《ひろたえいざぶろう》が岡っ引の末三《すえぞう》や小者など、五、六人を引き連れて、日本橋安針町の乾物問屋『鳴海屋』に駆けつけてきたのは、事件が起きてから二刻（四時間）後の五ツ（午前八時）ごろだった。

事件の通報者は、通い奉公の手代・利助《りすけ》である。

「こいつはひでえな」

血の海と化した屋内の惨状に、広田は思わず眉をひそめた。廊下の角に一人、奥の廊下に三人、女中部屋の前に二人、主人夫婦の寝間に二人、併せて八人の男女が鋭利な刃物で胸を突かれ、喉《のど》を裂かれ、あるいは腹をえぐられて血まみれで倒れている。

だが奇妙なことに、どの部屋も物色されたり、荒らされた形跡はまったくなかった。

「盗まれた物はねえのかい」

広田が蒼白《そうはく》な顔で立ちすくんでいる利助に訊《き》いた。

「土蔵の金箱が空になっておりました」

声を震わせて、利助が応えた。

「金箱にはいくらぐらい入っていたんだ？」

「二百七、八十両はあったかと」

「土蔵の戸に鍵はかかってなかったのか」

「いえ、店仕舞いのあとに、鍵はかならずかけておきました」

「その鍵はどこに？」

「旦那さまが手文庫の中にしまっておりました」

「ふーむ」

広田は思案顔であごに手をやった。歳は三十一、二。眉目の引き締まったきりっとした面立ちをしている。北町奉行所では辣腕《らつわん》をうたわれている同心である。

「旦那」

岡っ引の末三が歩み寄ってきた。

「あれは賊の足跡じゃねえでしょうか」

指さす方向に広田は顔を向けた。居間の畳の上に血塗られた足跡が点々と残っている。その足跡を目で追いながら、広田は居間に足を踏み入れた。

血塗られた足跡は、まっすぐ床の間に向かっている。

床の間の違い棚の上の手文庫の蓋が開けられたままになっており、足跡は、さらに中廊下から裏庭へとつづいていた。それを追って広田と末三は裏庭に出た。

「流しの仕業《しわざ》じゃねえな」

土蔵の戸口の前に立って、広田がぼそりとつぶやいた。

賊は家人や奉公人を皆殺しにしたあと、迷うことなくまっすぐ居間の床の間に向かい、手文庫の中から土蔵の錠前の鍵を奪っている。

内部事情にくわしい者の犯行に違いなかった。そこへ、

「広田さん」

裏木戸を押し開けて、若い同心が飛び込んできた。見習い同心の杉山新之助《すぎやましんのすけ》である。

「伊勢堀で男の死骸が見つかりました」

「どんな男だ？」

「二十六、七の職人体《てい》の男です」

つい先ほど葛西船《かさいぶね》（糞尿運搬船）の船頭が荒布橋《あらめ》の橋脚に引っかかっている伝次の死体を見つけ、番屋に通報したのである。死体の脇腹と胸には刃物で刺しつらぬかれた傷痕《きずあと》があったという。

「そうか」

数瞬考えたあと、広田は見習い同心の杉山にその男の身元を洗うよう指示し、岡っ引の末三には『鳴海屋』の内部事情にくわしい者を洗い出すように命じて、呉服橋御

門内の奉行所にもどった。

2

その日の夕刻――。

閑散とした同心御用部屋で、広田栄三郎は『鳴海屋』事件の仔細を当座帳にしたためていた。朋輩たちはすでに帰宅しており、御用部屋にいるのは広田ひとりである。

ちなみに当座帳とは、その日に起きた事件の詳細や岡っ引が集めてきた情報などを記載して例繰方《れいくりかた》（資料係）に提出する日報のことで、俗に捕物帳と呼ばれている。

西側の障子窓にほんのりと残照がにじんでいる。

七ツ（午後四時）を少し過ぎたばかりだというのに、部屋の中には薄い夕闇がただよいはじめ、板敷きの下からしんしんと冷気がこみ上げてくる。

「失礼いたします」

小者の喜平《きへい》が炭櫃《すびつ》を持って入ってきた。

「冷えてまいりましたねえ」

「ああ」

筆を置いて、広田は火鉢に手をかざした。

「今年は冬が早そうだな」

「だいぶ日も短くなってまいりました。まだ、お仕事でございますか?」

「これを書き上げるまでな」

「ご苦労さまでございます。炭を足しましょう」

火鉢に炭を入れ、喜平が一礼して立ち去ると、入れ違いに杉山新之助が入ってきた。

「どうだ? 何かわかったか」

「はい」

と応えて、杉山は火鉢の前に着座した。

「例の仏《ほとけ》の身元がわかりました。深川黒江《くろえ》町に住む伝次という猪牙舟《ちょきぶね》の船頭です。この数カ月、博奕《ばくち》にのめり込んで、かなりの借金を抱えていたようです」

「『鳴海屋』事件との関わりはどうなんだ?」

「これは末三の調べでわかったことですが、伝次の博奕仲間に弥市という男がおりまして、じつはその男、半年ほど前まで『鳴海屋』の人足小頭《にんそくこがしら》をつとめていたそうです」

「首になったのか」

「ええ、博奕にのめり込んだあげく、店の金を使い込んだそうで」

「そうか」

広田の目がぎらりと光った。

「そいつの住まいは？」

「それが、あちこちを転々としているようで、定かには……」

「わからぬか？」

「ひとつだけ手がかりがあります。末三の調べによると、情婦《おんな》がいるそうで」

「おんな？」

「浜町河岸で小料理屋をいとなんでいる、お紋という女です」

「よし、その女に当たってみるか」

広田が腰を上げた。

「末三を表に待たせてあります。案内させましょう」

二人が御用部屋を出て表門に向かうと、門番所のわきに岡っ引の末三が寒そうに肩をすぼめながら突っ立っていた。

「待たせたな、末三」

杉山が声をかけると、末三は振り返って二人に会釈した。

「さっそく弥市の女の店に案内してもらおうか」

「へい」

うなずいて、末三は先に立って歩きはじめた。

呉服橋御門内の北町奉行所から浜町河岸までは、四半刻足らずの距離である。陽はすでに没していて、西の空が桔梗《ききょう》色に染まっている。

浜町堀の西側一帯は、以前吉原遊郭《ゆうかく》があった場所で、明暦《めいれき》の大火（一六五七）のあと、吉原が浅草に移り、跡地は町屋になった。高砂町は、吉原時代の江戸町一丁目の跡地にできた町屋である。その名残か、跡地のあちこちに飲食を商う小店が点在している。

三人は高砂橋の西詰を左に曲がった。ちらほらと軒燈《のきび》に明かりがともっている。

「ここです」

末三が足を止めたのは、間口二間《けん》ほどの小料理屋の前だった。『千鳥』の屋号を記した軒行燈にはまだ灯は入っていないが、障子戸には明かりがにじんでいる。

「ごめんよ」

障子戸を引き開けて、杉山が中をのぞき込むと、板場で料理の仕込みをしていたお紋がけげんそうに振り返った。杉山の身なり風体ですぐに町方役人と察したのだろう。お紋は前掛けで手を拭きながら、強張《こわば》った表情で板場から出てきた。

「ちょいと訊きてえことがあるんだが」

杉山を押しのけるようにして、広田が店の中に足を踏み入れた。

「どんなことでしょう？」

お紋は警戒するような目で広田を見た。

「弥市の居場所を知らねえかい」

「さあ、知りませんね」

「隠し立てすると、ためにならねえぜ」

「隠し立てなんかしてませんよ。本当に知らないんです」

むっとした表情で、お紋は声をとがらせた。

「最近、弥市には会っていないのか」

お紋の機嫌を取りなすように、杉山がやさしげに問いかけた。

「今朝方、会いましたよ」

「今朝方？」

「といっても、まだ夜の明けきらない七ツ（午前四時）ごろでしたけど……、寝ているところを叩き起こされて、お酒の支度をさせられました」

「それで？」

「徳利を二本ばかり空けて、すぐに出ていきましたよ」

「どこへ行くといっていた？」

広田が訊いた。

「しばらく江戸を離れるかもしれないと……」

「そのときの弥市の様子に、何か変わったことはなかったか」

「着物の胸のあたりに血が付いてました」

「血！」

「博奕場でいざこざがあったといってましたけど」

「そうか」

広田が険しい顔で杉山を見返った。

「間違いねえな」

「あの人が何か――？」

いぶかるように、お紋が広田の顔をのぞき込んだ。

「安針町の乾物屋に押し込んで、一家皆殺しにしやがったのよ」

「え！」

と絶句するお紋を尻目に、広田は杉山をうながして店を出た。

「杉山」

浜町堀に架かる高砂橋にさしかかったところで、先を歩く広田が足を止めて背後を振り返った。杉山が足を速めて歩み寄る。

「どうやら野郎はほとぼりが冷めるのを待って、江戸をずらかる算段をしてるようだ」

「そのようですね。至急、大木戸を固めましょう」

「うむ」

大木戸とは、江戸を発する主要な街道の入り口に設けられた関門のことである。

〈この関にて往還の人を糾問《きゅうもん》せらる。江戸より附出《つけだ》す駄賃馬《だちんば》の荷物送状《おくりじょう》なきを通さざりしとなり〉

と物の書にあるように、大木戸では日常的に厳しい検問が行われていた。また江戸を出入りする旅人たちの送迎もここで行われ、付近には茶屋などもあった。

「北町の意地にかけても、野郎を捕り逃がすわけにはいかねえ」

吐き捨てるようにいって、広田はふたたび歩き出した。

翌日、弥市の手配書は各大木戸や町木戸、自身番屋などに隈《くま》なく配付され、さらに北町奉行・榊原主計頭忠之《さかきばらかずえのかみただゆき》の要請を受けて、道中奉行の配下も探索に乗り出した。

江戸市中はおろか、街道筋にいたるまで、まさに水も漏らさぬ大探索網がしかれたのである。往来切手（俗にいう道中手形。現代の身分証明書）を持たぬ弥市が、そうした探索網をすり抜けて江戸を脱出するのは、ほとんど不可能といえた。

打つべき手はすべて打った。あとは弥市が網にかかるのを待つだけである。

――十日のうちには、かならず網にかかる。

広田栄三郎はそう思っていた。

ところが、その十日が過ぎても、弥市の行方は杳《よう》としてわからなかった。

まだ江戸のどこかに潜伏しているのか。

それともすでに江戸を脱したか。

いずれにせよ、弥市ひとりで厳重な探索網をかいくぐるのは至難のわざだ。弥市を匿《かくま》っている者、あるいは弥市の逃亡に手を貸している者がいるに違いなかった。


ぱちり。

将棋盤《しょうぎばん》に駒を打ったのは、総白髪《しらが》の小柄な武士——松平楽翁《まつだいらくおう》である。

「あ、その手は——」

「待ったなしじゃ」

楽翁は勝ち誇ったような笑みを浮かべて、ゆったりと脇息《きょうそく》にもたれた。憮然《ぶぜん》とした面持ちで盤面をにらんでいる初老の大柄な武士は、楽翁の股肱《ここう》の臣・市田孫兵衛《いちだまごべえ》である。

「うーむ」

孫兵衛は腕組みをして考え込んだ。飛車角取りの桂馬を打たれたのである。

「そちも往生ぎわの悪い男よのう」

「し、しばし、お待ちくださいまし」

「考えても無駄じゃ。飛車か角か、どちらかを諦《あきら》めるがよい」

「わかりました。では、角を差し上げましょう」

「角でよいのか」

「はい」

しわ面に悔しさをにじませながら、孫兵衛は飛車を移動させた。

楽翁が桂馬で角を取る。

「同歩」

孫兵衛はその桂馬を取った。そこへすかさず楽翁が奪い取った角をぴしゃりと打つ。

「王手」

「あ、ちょ、ちょっと――」

「待ったなしじゃ」

「し、しかし、これでは手前の王が……」

「動けぬか」

「はい」

「ふふふ、つまり詰んだということだな」

会心の笑みを浮かべながら、楽翁は手持ちの駒を盤上に投げ出した。

「ま、まいりました。いま一番、お手合わせを」

孫兵衛が両手を突いて平伏すると、楽翁はそっけなく首を横に振って、

「将棋はもう飽《あ》いた。庭でも散策せぬか」

ゆったりと立ち上がり、広縁の障子を引き開けた。

青く澄んだ空から、午後の陽射しがさんさんと降りそそいでいる。

この季節にはめずらしく、温暖でおだやかな日和《ひより》である。

「お供いたします」

将棋盤を片づけて、孫兵衛も立ち上がった。

二人は沓脱《くつぬ》ぎの草履《ぞうり》をはいて庭に下り立った。

「季節のうつろいは早いものよのう」

つぶやきながら、楽翁は庭の小径《こみち》へと歩を進めた。

大柄な孫兵衛はやや背を丸めて、楽翁のあとについてゆく。

つい数カ月前、緑の葉をうっそうと繁らせていた樹木も、いまはすっかり葉を落とし、木々の梢《こずえ》のあいだから降りそそぐ木漏《こも》れ陽《び》が、小径に縞《しま》模様を描いている。

楽翁は足を止めて、額に手をかざして西の空に目をやった。はるか西のかなたに、薄《うっす》らと雪化粧をした富士の嶺《みね》が望見できる。

「おう、今日は富士がよう見える」

「雪をかぶった富士は、また格別のおもむきがございますな」

「うむ」

うなずいて、ふたたび歩き出しながら、楽翁は和歌を口ずさんだ。

浴恩園《よくおんえん》　うち出て見れば、真白にぞ
富士の高嶺《たかね》に　雪は降りけり

「さすがでございますな」

と感心しきりの孫兵衛に、

「これはわしの作ではない。万葉の歌人・山部赤人《やまべのあかひと》の歌をもじっただけじゃ」

楽翁はそういって、さも愉快そうにからからと笑った。

この臈《ろう》たけた小柄な老人が、三十余年前に幕閣の最高権力者・老中首座として、秋霜烈日《しゅうそうれつじつ》の幕政改革――世にいう「寛政《かんせい》の改革」を断行した、元白河《しらかわ》藩主・松平定《さだ》信《のぶ》であることを知る者はもうほとんどいない。

文化九年（一八一二）、定信は家督を嫡男にゆずって築地の下屋敷に移り、一万七千余坪の広大な敷地の一角に隠居屋敷を建てて『浴恩園』と名づけ、みずからを楽翁、あるいは花月翁と号して、書を読み、和歌を詠じる風雅な余生を送っていたのである。


「ところで、孫兵衛」

樹林の小径を抜けて、池のほとりに出たところで、楽翁がふと立ち止まった。

「今朝方、定永《さだなが》から聞いた話なのだが――」

定永とは、楽翁の嫡男《ちゃくなん》で伊勢《いせ》桑名《くわな》十一万石の藩主・松平越中守《えっちゅうのかみ》定永のことである。

「この一年あまり、府内で凶悪な事件を起こした者どもが、町奉行所や道中奉行の厳しい探索にもかかわらず、まるで神隠しにあったように江戸から姿を消しておるそうじゃ」

「はっ。その噂《うわさ》、手前も耳にしております」

孫兵衛は腰をかがめて、楽翁のかたわらに歩み寄った。

「十日ほど前に日本橋安針町の乾物問屋に押し込み、家人や奉公人を鏖殺《おうさつ》した上、多額の金子《きんす》を奪って逃走した弥市と申す男の行方がいまだに杳として知れぬそうで」

「うむ」

気難しい顔で、楽翁がうなずいた。

「一人や二人ならともかく、そうした事例は枚挙にいとまがないそうだ。ひょっとすると……」

江戸市中に凶悪犯罪者の逃亡を手助けする秘密組織が存在するのかもしれない、と北町奉行の榊原主計頭忠之がいったという。その話を聞いた息子の定永が、今朝方、楽翁に伝えたのである。

「もし、それが事実だとすれば、由々しき問題じゃ」

「いかさま」

「このまま一味を野放しにしておけば、幕府の威信は失墜し、町奉行・榊原どのの立場も苦しくなる。定永はそれを懸念しておった」

「定永さまのお心づかい、ごもっともに存じまする」

「どうやら、死神《しにがみ》の出番がきたようじゃのう」

楽翁が意味ありげにつぶやくと、それを受けて孫兵衛が、

「ははっ」

と畏懼《いく》するように低頭した。

「殿のご内意、しかと申し伝えてまいります」

3

日本橋小網《こあみ》町三丁目の尾張家の下屋敷の東に「稲荷堀《とうかんぼり》」と呼ばれる堀がある。

行徳河岸《ぎょうとくがし》から北に延びる入堀《いりぼり》（運河）で、酒井雅楽頭《さかいうたのかみ》の蔵屋敷の裏手で堀の幅が急に狭くなり、北はずれの小網町二丁目で堀留になっている。その堀留近くに稲荷《いなり》社があり、それが堀の名称の由来になったという。

堀の西岸は牡蠣殻《かきがら》町という町屋になっているが、民家は数えるほどしかなく、めっ

たに人の姿を見かけることもなかった。一帯のほとんどは雑木林と草地である。堀端の枯れ草に腰を下ろして、ひとり黙然と釣り糸を垂らしている人影があった。異相の浪人者である。

歳のころは二十八、九。額に二筋の太い傷跡がある。その傷痕に引きつられるように両目が吊り上がり、鼻梁《びりょう》が高く、頬がそげ落ち、あごはくさびのように尖《とが》っている。まるで死霊《しりょう》のように悽愴《せいそう》な面貌の浪人者である。

〈死神幻十郎《げんじゅうろう》〉

浪人者は、そう自称しているが、むろん本名ではない。

一年半前、阿片《あへん》密売一味が仕掛けた巧妙な罠《わな》にはまり、刑場の露と消えた元南町奉行所定町廻り同心・神山源十郎《かみやまげんじゅうろう》――それがこの浪人者の正体である。

額にきざまれた二筋の太い傷は、幻十郎がおのれの面貌を変えるために、みずから剃刀《かみそり》できざんだ傷である。

初冬というより、春を思わせるおだやかな陽差しが降りそそいでいる。

その陽光が入堀の水面《みなも》にはね返り、浮子《うき》を見つめる幻十郎の顔にゆらめいている。

釣り糸を垂らしてから、すでに半刻近くたっていたが、まったく当たりがなかった。

あきらめて釣り竿《ざお》を引き上げようとすると、ふいに浮子がグイと水中に没し、釣り竿が弓のようにしなった。

幻十郎は反射的に竿を上げた。

釣り糸がピンと張り、浮子がぐいぐいと水中に沈んでゆく。かなりの手応えだ。竿を引いてはゆるめ、ゆるめてはまた引きながら、幻十郎はゆっくり釣り糸をたぐり寄せた。バシャバシャと水しぶきがはね上がり、水面に魚影が現れた。

一尺五寸はあろうかという真鯉である。

慎重に釣り糸をたぐりながら、岸辺に獲物を引き寄せると、幻十郎は腕を伸ばして一気に鯉をつかみ取り、魚籠《びく》の中に放り込んだ。そのとき、「旦那」と声がして、堀端の道を走ってくる男の姿があった。幻十郎の手先（密偵）・歌次郎《うたじろう》である。

「市田さまがお見えになりやした」

「ああ」

竿に釣り糸を巻き付けて、幻十郎は立ち上がった。

「釣れやしたか？」

「一匹だけだ」

突き出された魚籠をのぞき込んで、歌次郎は目を丸くした。

「でっかい鯉ですねえ」

「今夜の酒の肴《さかな》にしよう」

「ぶつ切りにして甘煮《うまに》にしやしょうか。それとも洗いにして酢味噌《すみそ》で食うって手もありやすが」

「料理はおめえにまかせるさ」

歌次郎に魚籠を手渡すと、幻十郎は踵《きびす》を返して大股に歩き出した。

そこから南へ一丁（百メートル）ほど下った雑木林の中に、茅葺《かやぶ》き屋根の古い小さな一軒家があった。幻十郎の寓居《ぐうきょ》『風月庵《ふうげつあん》』である。

以前は白河藩の中屋敷詰めの藩士の郎党《またもの》が住んでいたそうだが、長い歳月、無住のまま荒れるにまかされてきたために廃屋同然のあばら家になっていた。この陋屋《ろうおく》を『風月庵』と名付けたのは、いかにも風流好みの松平楽翁らしい洒落《しゃれ》である。

板戸を引き開けて土間に足を踏み入れると、奥の板間の囲炉裏《いろり》の前で、市田孫兵衛が背を向けて茶をすすっていた。

「おひさしぶりですな、孫兵衛どの」

幻十郎が声をかけると、孫兵衛は首を廻して見返った。

「おう、死神。釣果《ちょうか》はどうじゃった？」

「鯉を一匹、釣り上げましたよ」

幻十郎は囲炉裏の前に腰を下ろした。

「ほう、鯉を釣ったか。おぬしも腕を上げたのう」

「仕事ですか？」

「わしがここへくるときの用事は決まっておる」

「では、話をうけたまわりましょう」

「その前に茶をもう一杯もらえぬか」

飲み干した茶碗を囲炉裏のうちにコトリと置いた。幻十郎は歌次郎を呼んで自分の茶と孫兵衛の茶を淹《い》れさせた。

「おぬしもすでに承知のことと思うが――」

淹れ立ての熱い茶をすすりながら、孫兵衛はそう前置きして、十日ほど前に起きた『鳴海屋』事件の一部始終や、北町奉行所の必死の探索にもかかわらず、下手人の弥市が江戸から姿を消してしまったこと、そしてこの一年あまり、同様の事例が数多く発生していることなどを淡々と語って聞かせ、

「ひょっとすると、江戸市中にはそうした悪党どもの逃亡を手助けする闇の稼業があるのやもしれぬ」

「平たくいえば、〝逃がし屋〟ですな」

「そういうことじゃ」

「わかりました。調べてみましょう」

幻十郎は快諾した。

阿片密売一味の罠にはまり、朋輩殺害の咎《とが》で死罪を申し渡された幻十郎を、処刑寸

前に奇策を講じて救ったのは、松平楽翁であった。それ以来、幻十郎は事実上この世に存在しない〝死人《しびと》〟となって、楽翁の影御用をつとめるようになったのである。

「これは手付けじゃ」

孫兵衛はふところから三両の金子を取り出して、幻十郎の膝《ひざ》前に置くと、のっそりと腰を上げた。

「もうお帰りですか」

「人目につくとまずい。長居は無用じゃ。では、頼んだぞ」

といいおいて、孫兵衛は大きな体をゆすりながら、そそくさと出ていった。

幻十郎は三両の金子を無造作にふところにねじ込むと、台所で鯉をさばいている歌次郎を呼び寄せた。

「御用ですかい？」

「話は聞いたな」

「へい」

「鬼八《きはち》に言伝てを頼みてえんだが」

「へえ」

「弥市って男の素性を洗ってくれとな」

「かしこまりやした」

鬼八は、幻十郎の亡父・神山源之助《げんのすけ》の手先をつとめていた男だが、現在は両国薬研《やげん》堀《ぼり》で『四ツ目屋』をいとなみながら、幻十郎の口問い《くちど》（情報屋）として闇仕事の請け負いをしている。ちなみに『四ツ目屋』とは、張形《はりがた》（女悦具）や媚薬《びやく》などを商う、現代のポルノショップのようなものをいう。


二日後の夕刻――。

幻十郎は鬼八の店を訪ねた。

両国薬研堀の薄暗い路地の奥に、その店はあった。間口は一間半ほどで、軒下に『四ツ目屋』を表す四ツ目結びの角行燈がぶら下がっている。灯《ひ》はまだ入っていなかった。

腰高障子を引き開けて中に入った。

二坪ほどの土間の奥に狭い板間があり、正面に衝立《ついたて》が置かれてある。板壁一面にしつらえられた棚の上には、鼈甲《べっこう》や水牛の角《つの》で作られた張形がずらりと並べられてある。その形もさまざまで、鎧形《よろい》、なまこの輪、勢々理《せせり》形、兜形《かぶと》などがある。

女同士で使うものは互い形、あるいは千鳥形といい、真ん中に鍔《つば》がついている。男根形のものは男茎形《おわせ》という。板間の左手にある薬箪笥《だんす》は媚薬を収納するものであろう。

「いらっしゃいまし」

くぐもった声とともに、衝立の陰から姿を現したのは、四十がらみの額のはげ上がった男――鬼八である。

「あ、旦那」

「どうだ？　弥市の素性はわかったか」

「へえ。……ま、お上がりになって」

鬼八は、幻十郎を奥の部屋にうながした。薄暗い六畳間である。ここにも小抽出《こひきだし》のついた薬簞笥が置かれ、壁ぎわには桐油紙に包まれた荷物が山と積まれている。

「茶を淹れやしょうか。それとも酒にしやすか」

「茶でいい」

「へえ」

と火鉢の鉄瓶《てつびん》の湯を急須《きゅうす》に注ぎながら、

「弥市って野郎は、根無し草のやくざな男でしてね」

鬼八が低い声でもっそりと語る。

「日雇取《ひようと》りの仕事をしながら、あっちこっちの安宿を転々と渡り歩いていたそうで」

「家《やさ》はわからねえのか」

「へえ。八方手をつくしてみたんですが、皆目――」

鬼八は、面目なさそうに目を伏せながら、急須の茶を縁の欠けた湯飲みにそそいで、

「けど、情婦《いろ》の店を突き止めやしたよ」

と思い直すようにいった。

「おんな？」

幻十郎がけげんそうに訊き返す。

「もっとも、その女については、北町の役人もすでに調べをつけたそうですが、結局、何の手がかりも」

「得られなかったか」

「へえ」

「白《しら》を切ってるんじゃねえだろうな、その女」

「さあ、そこまでは、あっしにも――」

茶をすすりながら、鬼八は首を振った。

「念のために、その女に当たってみるか」

「旦那が？」

「うむ。店はどこにある？」

「高砂町の『千鳥』って小料理屋です。女の名はお紋といいやす」

「そうか」

うなずいて、幻十郎はふところから小判を一枚取り出して、鬼八の前に置いた。

「仕事料だ」

「え、こんなにいただいて、よろしいんで？」

「そのうちまた何か、おめえの手を借りなきゃならねえことがあるかもしれねえ。遠慮なくとっておけ」

「では、ありがたくちょうだいいたしやす」

鬼八は黄色い歯を見せて、押しいただくように小判を受け取った。

4

夕闇が濃い。

浜町堀の水面《みなも》を寒風が吹き渡ってくる。

二日前の春のような陽気は一転し、また冬がもどってきた感がある。

幻十郎は肩をすぼめて高砂橋を渡り、西岸の高砂町の路地に足を踏み入れた。夕闇の奥に飲み食いを商う小店の明かりがゆらめいている。

その一角に小料理屋『千鳥』があった。軒行燈に灯が入り、藍《あい》地に二羽の千鳥をあしらった短い暖簾《のれん》が下がっている。

幻十郎は暖簾を分けて、障子戸を引き開けた。

酒を飲むにはまだ時刻が早いせいか、店の中に客の姿はなかった。所在なげに奥の小座敷で茶をすすっていた女将《おかみ》のお紋が、ふらりと入ってきた幻十郎の姿を見て、はじけるように立ち上がった。

「いらっしゃいませ」

「酒を二本ばかり、つけてもらえんか」

「はい」

幻十郎は戸口近くの卓に腰を下ろした。

ほどなく、お紋が燗酒《かんざけ》二本と突き出しの小鉢を運んできた。

「どうぞ」

とたおやかな手つきで酌をする。猪口《ちょこ》になみなみと注がれた酒を一気に飲み干すと、幻十郎はお紋の顔を射すくめるように見つめていった。

「おめえさんに訊きてえことがあるんだが——」

「どんなことでございましょう」

いぶかるように、お紋が見返した。

「弥市の居どころを教えてもらいてえんだ」

とたんにお紋の顔が強張った。明らかに警戒している様子である。数瞬の沈黙のあと、お紋は開き直るようにふっと笑みを浮かべ、

「ご浪人さん、あの人とはいったい……」

どういう関わりなのか、と訊き返した。

「半年ほど前に、深川の賭場で知り合った。いってみりゃ博奕仲間だ」

「………………」

お紋は無言で幻十郎の猪口に酒を注いだ。

「弥市には二両ばかり貸しがある。居場所を知っていたら教えてくれ」

「町方のお役人さんにも同じことを訊かれましたけど、あたしは本当に何も知らないんですよ」

「最後に会ったのは、いつだ？」

「十二、三日前です。まだ夜も明けきれぬうちにやってきて、お酒を呑んですぐに出て行きました。それっきり梨《なし》のつぶて――」

「行き先もいわずに姿を消したのか」

「江戸を離れるかもしれないって、そういってましたけど……。でも、あの人がどこで何をしていようと、もうあたしにはいっさい関わりのないことなんです」

お紋が怨《うら》みがましくいった。その顔を見て幻十郎は、

（この女の言葉にうそはあるまい）

直観的にそう思った。

「弥市との付き合いは、長いのか？」

「もうかれこれ、一年ぐらいになります」

遠くを見るような目で、お紋がいった。

弥市が客としてはじめてこの店に姿を現したのは、一年前のちょうどいまごろだった。口数の少ない物静かな男、というのがお紋の第一印象だった。

日本橋安針町の乾物屋『鳴海屋』につとめているという弥市は、その夜以来、足しげく『千鳥』に通うようになった。

一方のお紋は、十五のときから本所尾上町《ほんじょおのえ》の水茶屋づとめをし、十数年間、爪《つめ》に火をともすようにして蓄《たくわ》えた金で、ようやく高砂町に店を構えたばかりだった。そのころはまだ客も少なく、店を切り盛りするのに四苦八苦していたという。

そんなとき、何くれとなく相談に乗ってくれたり、励ましてくれたりしたのが弥市だった。いつしかお紋は弥市に恋心を抱くようになり、そして二人は深い仲になった。

「あのころは、やさしい人だったんですけどねえ。でも――」

お紋の表情が一変した。

「いま思えば、猫をかぶっていたんですよ、あの人は」

幻十郎は無言で酒を呑んでいる。

「半年もしたら、別人のように変わってしまいましてね。店のお金を持ち出しては博奕三昧の日々、それをなじると殴る蹴るの暴力。さすがに愛想がつきて、何度別れようと思ったことか」

「なぜ、別れなかったんだ？」

「怖かったからです」

「怖かった？」

「別れ話を持ちかけると、狂ったように怒りだすんです。別れるぐらいなら、あたしを殺して店に火をかけてやると……。ただの脅《おど》しではありません。それが本気だから怖いんです」

お紋は声を震わせてそういった。弥市は乾物屋『鳴海屋』に押し込んで、家人や奉公人を皆殺しにした男である。別れ話に逆上し、お紋を殺して店に火をかけるぐらいのことはやりかねないだろう。

「でも、これでやっとふっ切れましたよ。あの人が一日も早くお縄になってお仕置きを受けてくれればと、それがいまのあたしの正直な気持ちです」

「なるほどな」

うなずきながら、猪口の酒をあおり、

「もう一つ訊きてえことがあるんだが――」

とすくい上げるようにお紋を見た。

「弥市の郷里《くに》はどこなんだ？」

「八王子《はちおうじ》の在の百姓の出だと聞いたことがありますが」

「武州《ぶしゅう》八王子か」

反芻《はんすう》するように、幻十郎は口の中でぼそりとつぶやいた。

『千鳥』をあとにした幻十郎は、浜町堀に沿った道を南に下がり、入江《いりえ》橋の手前を右に曲がった。そこは浜町堀にそそぎこむ入堀に沿った道で、俗に竈河岸《へっついがし》と呼ばれていた。かつてこの界隈《かいわい》に竈《かまど》職人が多く住んでいたことから、その名がついたという。

夕闇はすでに宵闇に変わっていた。

薄雲におおわれた夜空に、下弦の月がぼんやり浮かんでいる。

竈河岸の中ほどまできたとき、ふいに幻十郎の足が止まった。ただならぬ気配を感じたのである。とっさに体を返し、堀端に建っている熊谷稲荷《くまがいいなり》の祠《ほこら》の陰に身をひそめて闇の奥に目をこらした。

数人の人影が入り乱れながら、こちらに向かって走ってくる。

「逃がすな！」

「待て！」

三人の浪人者が刀を振りかざして、旅装の武士を追ってくる。よく見ると、旅装の武士は鮮血にまみれ、いまにも倒れそうによろめきながら、気力を振りしぼって必死に浪人どもの襲撃から逃れようとしている。

猛然と追いすがった一人が、武士の背中に刀を叩きつけようとした。

刹那《せつな》、
稲荷社の祠の陰から矢のように飛び出した幻十郎が、浪人者の前にたちはだかった。

「な、なにやつ！」

驚いて、浪人者が棒立ちになった。後続の二人も仰天して立ちすくんだ。

「多勢に無勢の喧嘩、見過ごすわけにはいかねえ」

幻十郎が低くいった。

「お、おのれ、邪魔立てする気か！」

「面倒だ。そやつも斬り捨てろ！」

癇性《かんしょう》な声を張り上げたのは、長身瘦軀《そうく》の浪人者だった。その声と同時に、三人がいっせいに幻十郎に向かって斬りかかってきた。その瞬間、
しゃっ！

幻十郎の刀が鞘走《さやばし》り、真っ先に斬り込んできた小肥りの浪人者の首筋を、逆袈裟《ぎゃくげさ》に切り裂いていた。抜く手も見せぬ紫電《しでん》の一刀である。

「わッ」

悲鳴を上げて、小肥りの浪人者は河岸道に倒れた。返す刀で、幻十郎は右から斬りかかってきたもう一人の浪人者の両手首を切り落とした。叩きつけるような無造作な一刀である。切断された両手首は刀をにぎったまま入堀に落下していった。

「ぎえッ」

のけぞった浪人者の脇腹を、横殴りに切り裂いた。

幻十郎の剛剣に恐れをなしたか、長身痩軀の浪人者が数歩跳びすさって翻身《ほんしん》するなり、脱兎《だっと》の勢いで逃げ去った。それを目のすみに見ながら、幻十郎は刀の血ぶりをして背後を振り返った。

血まみれの旅装の武士が、堀端の立木の根方にうずくまって荒い息をついている。

「大丈夫か」

歩み寄って、武士の前に片膝をついた。武士は荒い息をつきながら、ゆっくり顔を上げた。歳のころは二十四、五。彫りの深い端整な面立ちをしている。背中や肩には幾筋もの刀傷があり、傷口から流れ出た血が衣服をびっしょりと濡らしている。

「ご助勢、かたじけのうございます」

か細い声でそういうと、武士は力なく頭を下げた。

「ひどい怪我だ。早く手当てをしたほうがいい。立てるか?」

「――」

武士は弱々しく首を振った。顔から血の気が引き、紙のように白くなっている。一拍の沈黙のあと、武士はしぼり出すような声で、

「手前は……、但馬国出石藩徒士組《たじまのくにいずしはんかちぐみ》・早川数馬《はやかわかずま》と申す者にて、……ぶしつけながら、ご貴殿に願いの儀が――」

とあえぎあえぎいい、血まみれの手でふところから袱紗《ふくさ》包みを取り出した。

「こ、この包みを……、本所相生町《あいおい》二丁目の……」

「本所相生町？」

武士の口元に耳を寄せて訊き返した。

「伽羅屋《きゃら》『美松屋《みまつ》』方に借家住まいをしている……、酒勾清兵衛《さこうせいべえ》どのに……」

「届けろと？」

「な、なにとぞ――」

聞き取れぬほど小さな声でそういうと、早川と名乗った武士は静かに目を閉じた。

「おい、しっかりしろ」

肩をゆすってみたが、二度と声を発することはなかった。

心ノ臓の鼓動もすでに止まっている。

武士のむくろを堀端の枯れ草の上にそっと横たえると、幻十郎は袱紗包みを手に取って立ち上がった。

包みの中身は金子らしい。ずっしりと重みがある。

早川数馬が多額の金子を持って江戸にきた目的は何なのか。

酒勾清兵衛なる人物はいったい何者なのか。

もとより幻十郎には知るすべもなかったが、行きがかり上、この包みは届けなければならぬ。

幻十郎は、袱紗包みに付着した血を懐紙でぬぐい取ると、それをふところに納めてふたたび浜町河岸に出、両国に足を向けた。

5

両国橋を渡ると、正面に回向院《えこういん》の山門が見える。

寛政のころまで、回向院前には銀猫・金猫と称する私娼《ししょう》がいた。山東京伝《さんとうきょうでん》の『蜘《く》蛛《も》の糸巻《いとまき》』によると、銀猫は一朱、金猫は一分だったという。

だが、松平定信＝楽翁の「寛政の改革」によって、そうした私娼を抱える淫売宿はことごとく取り払われた。現在は水茶屋や料理茶屋、居酒屋などが建ち並び、西の両国広小路に引けを取らぬ盛り場としてにぎわっている。

幻十郎は回向院の門前を右に曲がり、竪川《たてかわ》に架かる一ツ目橋の北詰に出た。

竪川の北岸に沿って東西に細長く延びる町屋が本所相生町である。一丁目から五丁目まであり、薪炭屋《しんたんや》や桶屋《おけや》、煙草屋《たばこや》など、小商いの家が低い軒をつらねている。

『美松屋』は深川伊勢崎町に店を構える江戸屈指の伽羅問屋で、本所深川界隈に数軒の家作を持っていた。相生二丁目の貸屋もその一軒である。

南町奉行所の定町廻り同心をつとめていたころ、幻十郎は毎日のように江戸の町々を歩き廻っていた。『美松屋』の貸家を探し当てることぐらいはお手のものである。

河岸通りの北側の路地の奥まったところにその家はあった。板塀をめぐらした小さな平屋で、猫の額ほどの庭も付いている。

「ごめん」

玄関の戸を引き開けて中に声をかけると、奥の暗がりに手燭の明かりが揺れて、うっそりと人影が浮かび立った。四十年配のがっしりした体つきの武士である。

「どなたかな?」

武士が低く誰何《すいか》した。鬢《びん》に白いものが混じっているが、眉毛は黒々と濃く、一廉《ひとかど》の武将を思わせる風貌をしている。

「酒匂清兵衛どのでござるか」

「いかにも。お手前は?」

「羽州《うしゅう》浪人・神谷源四郎《かみやげんしろう》と申すもの」

幻十郎はためらいもなく変名を名乗り、先刻の事件の仔細を手短に説明すると、早川数馬と名乗る武士から託された袱紗包みを清兵衛に手渡した。

「で、数馬は……？」

「手前にこの包みを託し、息を引き取られた」

「え」

一瞬、清兵衛は絶句したが、すぐに気を取り直して、

「あ、いや、わざわざお届けいただき恐縮にござる。大したもてなしもでき申さぬが、酒《ささ》など一盞《いっさん》いかがかな？」

「お気遣いはご無用、手前、所用があるのでこれにて……。ごめん」

と一礼して、幻十郎は立ち去った。そのうしろ姿を見送りながら、

（江戸には奇特《きとく》な仁《じん》がいるものだ）

清兵衛は胸のうちでつぶやいた。

袱紗包みの中身が多額の金子であることは、包みに触れただけでわかるはずだ。それを見ず知らずの浪人者が、真っ正直に届けにきたのである。

まさに「奇特」としかいいようがなかった。

清兵衛はすぐさま奥の部屋にとって返し、袱紗包みを解いた。中には切餅《きりもち》八個（二百両）と一通の封書が入っている。封を開いて見ると、その書状には、

名扨横雪魂田霊間平海兼蔵
満冥山獅馬坂連京五奈雷郎兎角太
堺士倉火黄橋時丘忠鎌祥吾
麻約以珈行上梶事徒野納士鈍再組受活三繋東名
地那来恐博月新歌早団職早法宮差同減遣応松候

と意味不明の漢文がしたためられてあった。諜文《ちょうぶん》である。二文字置きに漢字（傍点）を拾ってゆくと、

横《よこ》田《た》平《へい》蔵《ぞう》
山《やま》坂《さか》五《ご》郎《ろう》太《た》
倉《くら》橋《はし》忠《ちゅう》吾《ご》
以上徒士組三名、来月早々差《さし》遣《つかわし》候《そうろう》

となる。

しばらく書面に目を落としていた清兵衛は、おもむろにその書状を手焙《てあぶ》りの火に投げ入れた。書状は一瞬にして燃えつきた。そのとき玄関の戸が開く音がして、

「酒勾さま、ご在宅でございますか」

と低い声がした。

「おう、河野《かわの》か。上がれ」

「失礼つかまつります」

襖を引き開けて入ってきたのは、三十五、六とおぼしき髭《ひげ》の濃い、精悍《せいかん》な面立《おもだ》ちの武士（河野転《うたた》）である。清兵衛の前に着座するなり、

「数馬は、まだ着きませぬか」

と急《せ》き込むように訊いた。

「それが……」

清兵衛の顔が沈痛にゆがんだ。

「何か悪い知らせでも？」

「数馬は、死んだ」

「ええっ！」

河野は瞠目《どうもく》した。

「殺されたのだ、三人の浪人者にな」

「まさか……！」

「数馬が所持していた金子が目当てだったか、それとも左京《さきょう》が差し向けた刺客《しかく》か。定かなことはわからぬが……、偶然、その場を通りかかった浪人者が、数馬の最期《さいご》を

看取《みと》り、包みを届けてくれた」

「では、密書は無事に――」

「ああ、数馬の無念を思うと素直には喜べぬが、とにもかくにも密書と金子は無事にわしの手元に届いた。律儀な浪人者に遭遇したのが不幸中のさいわいといえよう」

「で、国元からは何と？」

「来月早々、横田平蔵、山坂五郎太、倉橋忠吾の三名を新たに江戸に差し向けると」

「ほう、徒士組の三羽烏《さんばがらす》を……」

「いずれも藩内屈指の遣い手だからのう。心強い援軍だ。それはそうと――」

といいさして、清兵衛は節くれだった手を手焙りの火で温めながら、

「その後の藩邸の様子はどうだ？」

探るような目で訊いた。

「まったく動きがございません」

「そうか」

「引きつづき探索を」

「うむ」

「人目もございますので、手前はこれにて――」

と腰を上げるのへ、

「これを」

清兵衛が切餅二個（五十両）を差し出した。

「当座の費用《ついえ》だ」

「ありがたく、ちょうだいつかまつります」

金子を受け取り、河野は一礼して部屋を出ていった。


同じころ――。

深川大島町《おおじま》の口入屋《くちいれ》『肥後屋《ひご》』の離れで、三人の男が酒を酌みかわしていた。

一人は五十を越したかに見える赤ら顔の男、『肥後屋』のあるじ・茂左衛門《もざえもん》である。

茂左衛門の正面に座しているのは、利休鼠《りきゅうねずみ》の羽織に鳶茶《とびちゃ》の小袖をまとった恰幅《かっぷく》のよい武士・道中奉行の龍造寺長門守兵部《りゅうぞうじながとのかみひょうぶ》。そしてもう一人は、先刻、竈河岸で幻十郎と刃をまじえ、かろうじて逃げ帰った浪人者、黒木弥十郎《くろきやじゅうろう》である。

「それにしても、とんだ邪魔が入ったものでございますな」

黒木に酌をしながら、茂左衛門が苦々しげにつぶやいた。

「素浪人にしては恐ろしく腕の立つやつでな。まともに立ち合っていたら、わしもどうなっていたか……」

黒木の声も苦い。

「ま、しかし――」

と龍造寺が酒杯の酒を嘗《な》めるように呑みながら、ちらりと黒木を横目に見て、

「早川数馬を仕留めただけでも上首尾だ。これで相良《さがら》どのへの義理も一応果たしたことになるだろう」

慰撫《いぶ》するようにいうと、茂左衛門があらたまった表情で、

「その旨、龍造寺さまからもよしなにお伝えくださいまし」

と丁重に頭を下げた。

「心得た」

鷹揚《おうよう》にうなずきながら、龍造寺は懐中から二つに折り畳んだ書状を取り出した。

「忘れぬうちにこれを渡しておこう」

「ありがとう存じます」

書状を受け取ると、茂左衛門はかたわらの手文庫から金包みを取り出して、龍造寺の前にうやうやしく置いた。包みの大きさから見て二、三十両は入っているだろうか。

龍造寺はその金包みをさも当然のごとくつかみ取って、ふところに納めた。

「では、さっそく……」

一礼して席を立ち、茂左衛門は母屋に向かった。

「与兵衛《よへえ》」

帳場のわきの小部屋の障子を引き開けると、行燈の明かりの下で帳付けをしていた番頭の与兵衛が振り返った。

「これを向島《むこうじま》の寮《りょう》に届けてくれ」

「かしこまりました」

「今夜じゅうに出立するようにとな」

いいおいて、茂左衛門はそそくさと離れにもどっていった。

受け取った書状を丁寧《ていねい》に紙に包むと、与兵衛はぶら提灯《ぢょうちん》を持って店を出た。

向島は、浅草側から見て、大川（隅田川）の向こうにある島という意味で、古くは牛島《うしじま》と呼ばれていた。江戸時代には四季折々の風物や寺社、名所旧跡、有名な料亭や商家の寮などが点在し、江戸市民の行楽地にもなっていた。

『肥後屋』の寮は、隅田《すみだ》堤《づつみ》沿いの雑木林の中にあった。周囲に網代垣《あじろがき》をめぐらした数寄屋《すきや》造りの瀟洒《しょうしゃ》な家である。障子窓にほんのりと明かりがにじんでいる。

「弥市さん」

玄関の引き戸を開けて与兵衛が声をかけると、正面の障子が開いて、男が用心深く姿を現した。手配中の弥市だった。

「やァ、番頭さん」

弥市が白い歯を見せた。

「お待ちかねのものが届きましたよ」

そういって、与兵衛は上がり框《かまち》に腰を下ろし、紙包みを開いて書状を取り出した。それをひったくるように受け取ると、弥市は素早く書面に視線を走らせた。

名、彦次郎《ひこじろう》。歳三十二。
右の者、生国《しょうこく》は越中富山《えっちゅうとやま》、嘉兵衛《かへえ》親にて、
身元慥《たし》かなる者にて御座候、此度《このたび》、薬種《やくしゅ》行商の為《ため》、罷《まか》り出《い》で申候。
国々御関所、相違なくお通し下さる可《べ》く候。
往来切手、件《くだん》の如《ごと》し。道中奉行・龍造寺長門守兵部。花押《かおう》。

この書状が偽造道中手形であることは、いうを俟《ま》たない。

「へへへ。こいつさえあれば、誰に見とがめられることもなく、大手を振って江戸を出ていけるぜ」

にんまりと北叟《ほくそ》笑《え》みながら、弥市は書状をふところにしまい込んだ。

「ほとぼりも冷めたころですし、今夜じゅうに出立なさったほうが――」

「いうにはおよばねえさ。おれだって好きでこんなところに穴熊《あなぐま》を決め込んでいたわけじゃねえからな。すぐにでも旅立つつもりだ。……ところで番頭さん、手数料はいくらになる？」

「五十両になります」

「五十両！」

弥市は目を剝いた。

「人の足元を見やがって、五十両とはずいぶんと吹っかけてくれたじゃねえか」

「手前どもも危ない橋を渡っておりますので」

与兵衛はさらりといってのける。弥市は苦笑して、

「地獄の沙汰も金次第だ。ま、仕方ねえだろう」

つぶやきながら奥の部屋にとって返し、五十両の金を持ってもどってきた。

「何はともあれ、おめえさん方にはすっかり世話になった。旦那によろしくな」

「道中くれぐれもお気をつけなすって」

五十両の金を受け取って慇懃《いんぎん》に頭を下げると、与兵衛は足早に去っていった。

第二章　闇の町

1

日本橋馬喰《ばくろ》町の北に、旅人《たびにん》宿や居酒屋、煮売《にうり》屋、古着屋、古道具屋などが混在する雑然とした町屋があった。

橋本《はしもと》町である。この町は正保《しょうほう》のころ（一六四四〜四八）まで、博労役《ばくろうやく》・橋本源七《げんしち》の拝領地だったことから、その姓を取って町名にしたという。

住民の大半は定職を持たぬ破落戸《ごろつき》や願人坊主《がんにんぼうず》、事情《わけ》ありの者、他国から流れてきた無宿者ばかりで、善良な市民がこの町に足を踏み入れることはめったになかった。

陽が没して、あちこちの路地に妖《あや》しげな灯《あか》りがゆらめきはじめると、まるでわいて出たかのように、どこからともなく得体のしれぬ男たちが群れ集まってくる。

その猥雑《わいざつ》な活気の中を、月代《さかやき》を茫々《ぼうぼう》に伸ばし、薄汚れた衣服をまとった人足体《にんそくてい》の男が何かを探すような目つきで歩いていた。

よく見ると、その男は歌次郎だった。ふだんは色白でのっぺりとした顔をしているが、もともと歌次郎は役者上がりで、

〈百化けの歌次〉

の異名をとるほどの変装の名人なのである。

歌次郎は路地の一角の居酒屋にふらりと入っていった。

間口に較べて店の中は意外に広かった。十二、三坪はあるだろうか。土間の奥に仕切りのない小座敷が二つほどある。その小座敷も土間の席もほとんどふさがっていた。煮炊きの煙や人いきれ、紫煙、酒の匂い、男たちの体臭が充満している。

歌次郎は店の奥に空《あ》いた席を見つけて腰を下ろすと、注文を取りにきた小女《こおんな》に燗《かん》酒《ざけ》二本と味噌田楽《みそでんがく》を頼み、店の中をさり気なく見廻した。

濁声《だみごえ》を張り上げて声高《こわだか》にしゃべりまくっている破落戸風の男たちもいれば、下卑《げび》た哄笑をまき散らしている人足風の男もいる。かと思えば、うつろな表情で黙々と猪口《ちょこ》をかたむけている痩《や》せ浪人もいるし、すでに酔いつぶれて卓に突っ伏している年寄りもいた。

この掃《は》き溜《だ》めのような居酒屋に、手配中の弥市がよく通っていたという情報を入手してきたのは、『四ツ目屋』の鬼八だった。それを受けて幻十郎が、

「さっそく、探りを入れてくれ」

と歌次郎に探索を命じたのである。

ほどなく燗酒二本と味噌田楽が運ばれてきた。

歌次郎は手酌でやりながら、目だけを動かして店の中の様子をうかがった。

燗酒といっても、湯で割った薄い酒である。たちまち二本の徳利が空になった。三本目を注文しようとしたとき、

「兄さん」

ふいに隣の席に座っていた男が声をかけてきた。歌次郎は首を廻してけげんそうに男を見た。五十を越したと思われる弊衣蓬髪《へいいほうはつ》、乞食《こじき》同然の身なりの年寄りである。

「おれにも恵んでくれねえかい？」

「酒か」

「ああ、仕事にあぶれちまって、銭がねえんだよ」

卓の上には空になった徳利が三本転がっている。それでもまだ呑み足りないのか、老人は哀願するように手を合わせた。

「いいだろう」

歌次郎は小女を呼んで、追加の酒を二本注文した。酒はすぐに運ばれてきた。それを老人の猪口に注ぎながら、

「父つあんは、よくこの店にくるのかい？」

探るような目で訊いた。

「銭がありゃ毎日きてるさ。おっとっと……、もったいねえ、もったいねえ」

老人は猪口からこぼれ落ちた酒を、指ですくい取ってなめた。

「すまねえな、兄さん」

「なあに、いいってことよ」

「兄さん、見慣れねえ顔だが、この店ははじめてかい？」

「ああ、深川の木場《きば》で人足をしてる辰次郎《たつじろう》ってもんだ」

「あっしは襤褸《ぼろ》売りの仁助《にすけ》ってもんで……。これをご縁にひとつよろしく」

老人は欠けた歯を見せて卑屈に笑った。襤褸売りとは、文字どおり不用の布帛《ふはく》や破れた古着などをもらい受けて（あるいは拾い集めて）、売る商いのことをいう。

「ちょいと訊きてえことがあるんだが」

歌次郎は声を落として、老人の顔をのぞき込んだ。

「この店に弥市って男がよくきてたそうだが、父つあん、知ってるかい？」

「ああ、何度か見かけたことがある」

「いつも一人できてたのかい？」

「いや、連れがいた。……確か、伝次とかいったな、その連れの名は」

どうやらこの老人は、弥市と伝次が押し込みを働いたことをまだ知らないらしい。

「そういや、ここんところさっぱり姿を見せねえが――」

「最後に弥市を見かけたのは？」

「十二、三日前だったかな。そのときは七五郎と一緒だったよ」

「七五郎？　何者なんだい、その男は」

「浅草あたりを縄張《しま》にしてる地廻りでさ」

「ふーん」

気のなさそうな表情をよそおって、歌次郎はうなずいた。

「おかげで、やっと酔いが廻ってきたよ」

老人が小さな目をしょぼつかせながらつぶやいた。歌次郎が振る舞った徳利はもう空になっている。

「よかったら、これも呑んでくんな」

呑みかけの徳利を差し出すと、歌次郎は卓の上に酒代を置き、

「用事を思い出したんで、先に帰らせてもらうぜ。縁があったらまた会おう」

いいおいて、店を出ていった。

居酒屋を出て、次の路地を曲がったところで、歌次郎はふと足を止めて前方に鋭い目をやった。岡っ引を引き連れた町方役人が、通りすがりのやくざ風の男をつかまえ

て何事か聞き込みをしている。北町奉行所の定町廻り同心・広田栄三郎と岡っ引の末三だった。

歌次郎はとっさに物陰に身をひそめ、二人の様子をうかがった。

「このあたりで七五郎を見かけなかったか」

広田がやくざ風の男に訊いている。

「七五郎？」

「浅草の地廻りだ」

「さあ、知りやせんね」

そっけなく応えて、男は逃げるように足早に去っていった。

「ちッ」

広田は苦い顔で舌打ちした。

「どいつもこいつも、知らぬ存ぜぬの一点張りだ」

「あっちを当たってみやしょうか」

末三が別の路地を指さした。広田はうなずいて末三のあとについた。二人が路地奥の闇に姿を消すのを見届けると、歌次郎は物陰からのっそりと歩み出て、反対側の路地へ足を向けた。

「地廻りの七五郎か――」

囲炉裏の榾《ほた》明かりを見つめながら、幻十郎がつぶやいた。その前に変装を落として、ふだんの顔にもどった歌次郎が座っている。

「ひょっとしたら〝逃がし屋〟の手先じゃねえかと」

「うむ」

弥市が行方をくらました時期と、橋本町の居酒屋で弥市と七五郎が酒を呑んでいた時期がほぼ一致する。七五郎が弥市の逃亡の手助けをした可能性は十分考えられるのだ。

「北町の役人も七五郎を追っかけておりやしたよ」

「定町廻りか」

「へい。三十一、二のきりっとした面立ちの同心で――」

「広田さんだな」

歌次郎の話を聞いて、幻十郎は直観的にそう思った。

「旦那、ご存じなんで?」

「よく知ってるさ」

広田栄三郎は、幻十郎が南町奉行所の定町廻り同心をつとめていたころから、辣腕《らつわん》同心として内外に声望が高く、

〈南に神山源十郎あり、北に広田栄三郎あり〉

と並び称され、「龍虎」などと呼ばれた間柄でもあった。

「へえ」

歌次郎は意外そうな顔で聞いている。売れない下り役者（上方から江戸に流れてきた役者）だった歌次郎は、当事の事情を知るよしもないのだ。

広田栄三郎は幻十郎より一歳年長である。職務の上ではお互いに好敵手だったが、同じ八丁堀に住んでいたよしみから、仕事を離れて酒を酌み交わしたことも何度かあった。

ふところの深い、豪胆な人物というのが、幻十郎の印象である。その広田が七五郎を捕まえれば、〝逃がし屋〟一味の実態が明らかになり、事件は一気に解決するだろう。

「そうなると、おれたちの出番はなくなるな」

「けど、そんなに簡単に捕まりやすかね」

「広田さんの手にかかれば、遅かれ早かれ捕まるさ」

「へえ」

「いずれにせよ、北町が追ってる獲物をおれたちが追っかけても埒《らち》があかねえ。しばらく様子を見ることにしよう」

「へい」

うなずいて、歌次郎は腰を上げながら、

「このあいだの鯉の甘煮《うまに》がまだ残っておりやす。一杯やりませんか」

と訊いた。

「うむ。熱燗でな」

「少々お待ちください」

歌次郎は台所へ去った。そのとき入口の戸が引き開けられ、

「こんばんは」

と女が入ってきた。紫紺の袖頭巾《そでずきん》に艶《あで》やかな藤色の小袖姿の女——志乃《しの》である。

「おう、志乃か」

「おひさしぶりです」

「どうしたんだ？　こんな時分に」

「この近くのお得意さんに品物を届けにきたついでに、ちょっと——」

志乃は神田佐久間《さくま》町で『藤乃屋』という小間物屋をいとなんでいる。小網《こあみ》町の糸屋の内儀から注文を受けて、鼈甲《べっこう》の櫛《くし》を届けに行った帰りに立ち寄ったという。

「そうか。ま、上がってくれ」

「失礼します」

志乃は袖頭巾をはずして板間に上がり、囲炉裏の前に座った。

歳は二十四、切れ長な目、鼻筋がすっと通り、唇が濡れたように紅い。ぞくっとするような美人だが、町場の女にしては物腰、挙措に気品がただよっている。

「今夜も冷えますねえ」

囲炉裏の火に手をかざしながら、志乃がつぶやくようにいった。

「来月はもう師走だからな」

「お志乃さんも一杯やりますかい？」

歌次郎が燗徳利三本と鯉の甘煮を盛った小鉢を三つ盆にのせて運んできた。

「いえ、わたしはすぐにおいとましますから」

「ま、ま、そういわずに……」

と歌次郎は手早く猪口と小鉢を志乃の前に置いて、

「この甘煮は、旦那が釣り上げた鯉ですよ」

「まあ、おいしそう」

「どうぞ、遠慮なく召し上がっておくんなさい」

歌次郎が酌をする。

「せっかくですから、じゃ……」

猪口を受け取って、志乃はキュッと呑み干した。

それから半刻（一時間）ほど、他愛のない世間話をしながら酒を酌み交わしたあと、

「そろそろ、わたしはこのへんで……」

と腰を上げる志乃に、

「送っていこう」

幻十郎も立ち上がった。

「いえ、結構ですよ」

「夜道のひとり歩きは物騒だ。歌次、提灯《ちょうちん》を持ってきてくれ」

「へい」

歌次郎が用意をした提灯を持って、二人は『風月庵』を出た。

空は雲ひとつなく晴れ渡っている。

提灯の明かりが要らぬほどの星明かりだった。二人は牡蠣殻町の雑木林を抜けて、堀留《ほりどめ》川の掘割通りを北に向かい、通旅籠《とおりはたご》町を経由して柳原《やなぎわら》通りに出た。

神田川に架かる和泉《いずみ》橋の南詰にさしかかったところで、志乃がふと足を止めて、

「あら」

と夜空を見上げた。幻十郎も立ち止まって上空を仰ぎ見た。

東の空に青白い尾をひいて微光が流れていった。流れ星である。

「箒星《ははきぼし》か」

「これで二度目ですねえ。旦那と一緒に箒星を見たのは」

感慨深げに志乃がつぶやいた。

一度目は、幻十郎が松平楽翁の「冥府の刺客」となって、はじめて〝闇仕事〟に手を染めたときである。無事にもどってきた幻十郎の腕の中で、志乃は涙にくれながら東の空に落ちてゆく流れ星を見た。

「あれから、もう一年半になるか」

幻十郎もそのときの光景を鮮明に覚えている。

「早いですねえ。時のうつろいは——」

しみじみとつぶやきながら、二人はふたたび歩を踏み出した。

幻十郎と志乃のあいだには、余人には測り知れぬ数奇な因縁があった。

かつて志乃は、南町奉行所の隠密《おんみつ》同心・吉見伝四郎《よしみでんしろう》の妻として、凡庸《ぼんよう》だが平穏な日々を送っていた。そんなある日、志乃の人生を大きく狂わせる事件が起きた。

阿片密売一味の内偵を進めていた吉見が、あろうことか、同じ事件の探索に動いていた幻十郎＝神山源十郎の妻・織絵《おりえ》を八丁堀の組屋敷で凌辱《りょうじょく》したのである。

偶然、その現場を目撃した幻十郎は、逃げる吉見を追って玄関で斬り殺し、すぐに奥の部屋にとって返した。だが、そこに見たのは、懐剣で喉を突いて自害した織絵の無惨な姿だった。

「織絵——ッ」

幻十郎は織絵の亡骸《なきがら》をかき抱いて号泣した。

異変に気づいた近隣の同心の通報で、奉行所から与力や同心たちが駆けつけ、幻十郎はその場で捕縛されて小伝馬町の牢屋敷に送られた。

そして、数日間の吟味の末、幻十郎は朋輩殺害の咎《とが》により死罪を申し渡された。

のちにわかったことだが、吉見伝四郎は阿片密売組織の情報を得るために末端の密売人と付き合っているうちに、いつの間にか、みずからも阿片の常習者になってしまい、一味にそそのかされるまま幻十郎の妻を凌辱したのである。

すべては、一味にとって邪魔な存在の神山源十郎と吉見伝四郎を、同時に抹殺するために阿片密売一味が仕組んだ巧妙かつ周到な罠《わな》だったのだ。

死罪の裁決が下された翌早暁、源十郎は牢屋敷の刑場に引き出され、斬首の刑に処せられた。

それから数刻後――。

松平家の築地の下屋敷の一室に、手拭いで頰かぶりをし、「出」の字を染め抜いた半纏《はんてん》をまとった男の姿があった。一目で牢屋敷の下男《しもおとこ》とわかる身なりである。

驚くべきことに、その男は刑場の露と消えたはずの神山源十郎であった。

信じられぬ面持ちで端座している源十郎に、松平楽翁はおだやかな笑みを浮かべながらこういった。

「囚獄《しゅうごく》・石出帯刀《いしでたてわき》どのとは、先代から懇意にしておっての」

囚獄とは牢屋奉行のことである。楽翁はその石出帯刀に依頼し、処刑直前に源十郎と別の囚人をすり替えたのである。首を打たれた替え玉の罪人は面紙《めんがみ》（顔をおおう紙）を当てられていたので、死骸を処理した刑場の下人ですらその事実に気づかなかったのだ。

かくして、地獄の底からよみがえった幻十郎は、現世無縁《げんせむえん》の「冥府の刺客」となって、自分を卑劣な罠に陥れた阿片密売一味へ再度闘いをいどんだ。

一方の志乃は、夫・吉見伝四郎が残した多額の借金を返済するために、みずから吉原羅生門河岸《らしょうもんがし》の切見世《きりみせ》に身を売り、筆舌につくしがたい辛苦《しんく》の日々を送っていた。

そんな志乃の前に、ある日ふらりと姿を現したのが幻十郎だった。目的は吉見伝四郎と阿片密売一味との関わりを聞き出すためだった。

幻十郎に問われるまま、志乃は知るかぎりのことを素直に告白した。

それが手がかりとなって阿片密売一味を殲滅《せんめつ》することができたのだが、同時にそれがきっかけで、幻十郎と志乃のあいだに愛憎なかばする恋情が芽生えたのである。

吉見伝四郎に妻の命を奪われた幻十郎。

その幻十郎に夫を殺された志乃。

いずれも現世で地獄を見てきた男と女である。それゆえに、傍《はた》から見れば決してむすばれるはずのないこの二人が、抜き差しならぬ男と女の関係に陥るのに、さほど時間はかからなかった。

「わたしも一度死んだ女です。旦那と一緒に修羅の道を歩いていきます」

幻十郎に身請けされた志乃は、決然とそういった。「闇の刺客人」の一員になる決意をしたのである。

それから一年数カ月後、幻十郎は志乃に小さな小間物屋を持たせた。志乃の隠れ蓑《みの》にするためである。それが神田佐久間町の『藤乃屋』だった。

「このところ音沙汰がありませんでしたけど――」

和泉橋を渡りながら、志乃が思い出したようにいった。

「仕事はどうなってるんですか?」

「先日、孫兵衛どのから依頼があった」

幻十郎は仕事のあらましを語り、北町奉行所の同心たちが同じ事件を追っているので、当面は彼らの動きを見守るつもりだといった。

「それにしても……」

風に乱れる髪を手で押さえつけながら、志乃がぽつりとつぶやいた。

「本当にいるんですかね、逃がし屋なんて」

「まだ確かなことはわからんが、江戸には悪知恵の働くやつらがごまんといるからな。

いても不思議はないだろう」

「何かお手伝いすることがあったら、いつでも遠慮なくおっしゃってくださいな」

「うむ」

和泉橋を渡って北詰を右に曲がると、すぐ左手にひっそり寝静まった家並みが見えた。神田佐久間町である。この界隈《かいわい》には材木屋や薪《まき》屋が多くあったため、一名材木町とも呼ばれている。『藤乃屋』の近くの路地角にさしかかったとき、

「誰かいるぞ」

幻十郎がふと足を止めて、けげんそうに前方の闇に目をやった。『藤乃屋』の前に女が立っている。軒燈《のきび》の明かりにぼんやりと浮かび立ったその女の顔を見て、志乃が、

「お秀《ひで》さんだわ」

と小声でいった。

「知り合いか」

「『近江屋《おうみや》』のお内儀《かみ》さんですよ」

「近江屋？」

「日本橋の呉服問屋さん。いつも贔屓《ひいき》にしてもらってるんです」

「こんな時刻に買い物でもあるまい。何か差し迫った用事があるのかもしれん。おれはここで退散する」

くるりと背を返して、幻十郎は足早に去っていった。志乃はやや未練の残る目でそのうしろ姿を見送ったが、すぐに気を取り直して、小走りに店のほうに向かった。

「お秀さん」

声をかけると、お秀は驚いたように振り向いた。歳のころは二十五、六だろうか。色白で目鼻だちのはっきりした美人である。

「どうしたんですか？　こんな夜分に」

「志乃さんに、折入ってお願いがあるんです」

か細い声でそういうと、お秀は気まずそうに目を伏せた。長い睫毛《まつげ》が目の下に影を作っている。

「こんなところで立ち話もなんですから、どうぞ、お入りくださいな」

志乃は腰高障子を引き開けて、お秀を中に招じ入れた。

店の奥は六畳の畳部屋になっている。志乃は行燈《あんどん》に灯を入れると、手早く火鉢に火をおこし、鉄瓶で湯をわかして茶を淹《い》れた。

お秀はうつむいたまま、無言で座っている。

「どうぞ」

と志乃が茶を差し出すと、お秀はゆっくり顔を上げて、

「突然お邪魔して、こんな厚かましいお願いをするのは心苦しいんですけど……、今

夜一晩、ここに泊めていただけないかしら」

「それは構いませんけど」

いいつつ、志乃はいぶかる目でお秀を見返した。

「何かあったんですか？　ご主人と」

「いえ、別に――」

お秀はかぶりを振った。そして吐息まじりに、

「わたしの我がままかもしれませんけど、どうしても今夜は……」

亭主のもとには帰りたくないのだと、消え入りそうな声でいった。

お秀が日本橋屈指の老舗《しにせ》の呉服問屋『近江屋』のあるじ・宗兵衛《そうべえ》のもとに嫁いだのは、六年前のことである。

当時、お秀は十八歳、宗兵衛は十六歳年上の三十四歳だった。

お秀の実家は京橋で『結城屋《ゆうき》』という小さな反物屋をいとなんでいたが、父親が病弱のために商売が立ちゆかなくなり、多額の借金を抱えて倒産の危機に立たされていた。

その借金を肩代わりしてくれたのが、取り引き先の『近江屋』だった。といっても、無条件ではなかった。お秀の美貌に目をつけた宗兵衛が、『結城屋』の借金を肩代わりする代わりに、お秀を嫁にもらいたいといってきたのである。

背に腹は代えられないと、父親はその縁談を了諾し、お秀は泣く泣く『近江屋』に嫁いでいった。いわば人身御供《ひとみごくう》同然の嫁入りだったのである。そんないきさつもあって、結婚当初から夫婦の仲はうまくいっていなかった。しょせんお秀は、

〈金で買われた女〉

なのである。『近江屋』の奉公人や顧客たちからもそういう目で見られていたし、また亭主の宗兵衛は異常に嫉妬《しっと》深い男で、四六時中、お秀の行動に監視の目を光らせていた。まさに身の置きどころのない日々を余儀なくされていたのである。

夫婦仲が冷えきるのも道理だった。いつだったか、志乃は別れるつもりはないのかと訊いたことがある。そのときお秀は、

「わたしがそのつもりでも、主人が許してくれませんよ」

と寂しそうに笑った。その笑みに志乃はお秀の諦念《ていねん》を見たような気がした。

〈女三界《さんがい》に家なし〉

という。女は若いときは父に従い、嫁《か》しては夫に従い、老いては子に従うものであるから、三界（三千世界＝全世界）のどこにも定まった家がないという意味である。

かくも封建的男女差別が厳しかったこの時代、女のほうから離縁を申し出ることなどは許されなかったし、仮に夫がそれを容認したとしても、あくまでも夫のほうから妻に離縁状（俗にいう三行半《みくだりはん》）を突きつける形にしなければ、離婚は成立しなかっ

たのである。

「ご迷惑でしょうが、ぜひ今夜一晩だけ――」

畳に両手をついて深々と頭を下げるお秀に、

「お秀さん、お手をお上げになって」

と志乃は微笑を送り、

「こんなむさ苦しいところですけど、どうぞお気兼ねなくお泊まりください……。よかったら、お酒でもいかがですか？」

「あ、いえ、お構いなく」

「お酒を呑めば少しは気分も晴れるでしょうし、体も温まりますから」

そういって、志乃が台所に向かおうとしたとき、ふいに店の戸を叩く音がした。

「あら、誰かしら？」

「志乃さん」

お秀が急に顔を強張らせた。

「お店の使いの者かもしれません。わたしはいないことにしておいてください」

「わかりました」

志乃は手燭《てしょく》を持って店に出た。戸を叩く音がつづいている。

「どなたさまでしょうか？」

「『近江屋』の使いの者でございます」

声とともに腰高障子がからりと引き開けられ、二十五、六の見るからに律儀そうな男が土間に入ってきた。

「夜分恐れ入ります。手代の長吉《ちょうきち》と申すものでございますが、こちらに手前どもの内儀がお邪魔していないでしょうか」

「いいえ、お見えになっておりませんよ」

「さようでございますか」

長吉と名乗った手代はやや落胆したようにうつむき、「おくつろぎのところ、失礼いたしました」と丁重に詫びをいって踵《きびす》を返そうとした瞬間、

「あの履物《はきもの》は！」

長吉の目が土間の沓《くつ》脱《ぬ》ぎに向けられた。目ざとくお秀の草履《ぞうり》を見つけたのである。

「あれは、お内儀さんの――」

「あ、あの」

志乃は狼狽《ろうばい》した。それを見て、長吉が切り込むようにいった。

「確かにあの草履はお内儀さんのものです。いらっしゃるんですね。こちらに」

「い、いいえ、あれは……」

と、あわてて立ちふさがる志乃を押しやり、

「お内儀さん！」

長吉が奥の部屋に向かって大声を張り上げた。

「お内儀さん、旦那さまが心配しております。すぐにもどってくださいまし！」

「静かになさい、長吉」

叱《しか》りつけるような声とともに、お秀が丈《たけ》の長い暖簾《のれん》をかきわけて姿を現した。

「失礼ですよ。こんな夜分にひとさまの家で大声を出して」

「申しわけございません」

ぺこりと頭を下げる長吉を無視して、お秀は土間に立っている志乃に向き直り、

「志乃さん。わたし、家に帰ります」

「――お秀さん」

「お騒がせして、ごめんなさいね」

「いいえ」

「おやすみなさい」

一礼すると、お秀は長吉をうながして悄然《しょうぜん》と店を出ていった。

2

『近江屋』の裏木戸から勝手口を通って屋内に入ると、お秀は長吉に自分の部屋にもどるように命じて、奥の部屋に向かった。

「ただいま、もどりました」

襖《ふすま》を引き開けて部屋に入ると、主人の宗兵衛が火鉢の前で不機嫌そうに銀煙管《ぎせる》をくゆらしていた。てらてらと脂《あぶら》ぎった顔、四十一歳という歳のわりには髪も眉も黒々としていて、見るからに精力的な面貌をしている。

「こんな時分まで、どこに行っていたんだ？」

目も合わさずに、宗兵衛がずけりと訊いた。

「佐久間町の『藤乃屋』さんにお邪魔しておりました」

「『藤乃屋』？」

宗兵衛がぎろりと見返した。

「懇意にしている小間物屋さんですよ」

「その前は――」

「え？」

「買い物に行くといって家を出てから、もう二刻《にとき》（四時間）以上たっている。そのあいだずっと小間物屋にいたわけではあるまい」

「…………」

「小間物屋に行く前にどこに立ち寄ったのかと聞いているんだ」

「どこにも立ち寄ってはいませんよ」

やや昂《たかぶ》った口調で、お秀が応えた。

「ひさしぶりに『藤乃屋』の志乃さんにお会いしたので、すっかり話がはずんでしまって。気がついたらこんな時刻に――」

「ま、いいだろう」

銀煙管の火をポンと火鉢に落とすと、宗兵衛は太い首を廻してお秀を見た。

「くどいようだがな、お秀」

「…………」

「おまえの実家には、五百両の貸しがあるんだ」

お秀は目を伏せたまま黙っている。

「ちゃんと証文も取ってある。その証文があるかぎり、おまえはわたしから離れられんのだ。わかっているだろうな」

「重々承知しておりますよ。わたしはおまえさんの籠《かご》の鳥ですからね」

そういって、お秀は皮肉に笑ってみせた。すると、宗兵衛がいきなりお秀の手を取って立ち上がり、隣室の襖を開け放った。そこにはすでに夜具がしきのべてあった。

「さ、来なさい」

「寝巻に着替えなければ――」

「そのままでいい」

引きずるように寝間に連れ込むと、宗兵衛はお秀を荒々しく夜具の上に押し倒した。

「ちょ、ちょっと、おまえさん」

「わたしに抱かれるのが嫌か」

いいながら、宗兵衛はお秀の上におおいかぶさり、引き剝《は》ぐように襟元《えりもと》を開いた。白いゆたかな乳房がはじけるように飛び出した。

「そ、そんな……、乱暴な……」

「おまえのこの体は、わたしのものだ。ほかの男には指一本触れさせせん」

あらがうお秀を押さえつけるようにして、宗兵衛は着物の帯を解いた。

着物の下前がはらりと開き、お秀の白い下肢があらわになる。

お秀の体からすっと力が抜けた。観念したように固く目を閉じて、宗兵衛のなすがままになっている。

着物や襦袢《じゅばん》が手荒に脱がされ、最後の二布《ふたの》（腰巻）もはずされて、お秀は一糸まとわぬ全裸で夜具の上に仰臥《ぎょうが》させられた。象牙のように艶《つや》やかな白い肌、たわわな乳房、くびれた腰、肉《しし》おきのよい太股《ふともも》――息を呑むほど美しい裸身である。

宗兵衛も手早く着物を脱いで裸になった。

お秀の上にのしかかり、乳房をわしづかみにして口にふくんだ。

お秀はじっと目を閉じて、宗兵衛の執拗な愛撫に耐えている。

やがて宗兵衛はゆっくり上体を起こし、お秀の足元にひざまずくと、脂ぎった目で股間をのぞき込んだ。はざまに黒い繁りが見える。むせるように女が匂った。

お秀の両膝を立たせて、腰を割り込ませた。一物はすでに隆々と屹立《きつりつ》している。

「あっ」

お秀の口から小さな声が洩れた。怒張した一物が秘所に突き入れられたのだ。

宗兵衛が突き上げるたびに、たわわな乳房がゆさゆさと揺れる。

お秀は口を引きむすんで耐えている。宗兵衛の腰の動きは一瞬もやまなかった。

荒い息づかいとともに、ますます腰の律動が激しくなる。

お秀の島田髷《しまだまげ》が崩れ、乱れた黒髪が緋縮緬《ひぢりめん》の夜具の上に散った。


日本橋本両替町《ほんりょうがえ》は、その町名が示すとおり、大小の両替屋が櫛比《しっぴ》する江戸の金融の中心街である。町の北側には後藤家の金座があり、承応《しょうおう》（一六五二～五五）以来、金銀の両替はこの本両替町と隣接する駿河《するが》町の二町の両替屋にかぎられていた。町の東はずれに『三嶋屋《みしま》』の看板をかかげる両替屋があった。

本両替町では中堅どころの両替商である。周囲の格式張った店に較べると、店構えも質素で、庶民が気楽に出入りできる両替屋として人気を集めていた。

顧客のほとんどは日本橋・京橋・神田界隈で小商いをいとなむ者や、長屋の大家、行商人、居職《いじょく》の指物《さしもの》師や印判《いんばん》師などといった小金を動かしている者たちである。

『三嶋屋』がもっとも混み合うのは、開店から午《ひる》ごろまでで、それを過ぎると客の出入りはまばらになり、奉公人たちはそのあいだに交代で中食《ちゅうじき》をとることにしていた。

「番頭さん、お茶が入りましたよ」

手代の幸吉《こうきち》が、帳場格子の中で帳付けをしている番頭の作兵衛《さくべえ》に茶を運んできた。

「ありがとう」

「お先に昼食をいただいてまいります」

「ああ、そうしておくれ」

茶をすすりながら、作兵衛はふたたび帳面に目を落とした。

店の中には三人の客がいた。一人はお店者《たなもの》ふうの若い男で、二人は商家の内儀ふうの女である。二番番頭の庄二郎《しょうじろう》と手代頭の伸助《しんすけ》が客たちの相手をしている。

と、そこへ、職人体の中年男がふらりと入ってきた。

見慣れぬ顔の男である。角張った顔に薄い眉、目つきが鋭く、格子縞《こうしじま》の着流しに雪駄《せった》ばきというういでたち。右手をふところに突っ込んでいる。

「いらっしゃいまし」

仲助が不審そうに男を見て、

「両替でございますか」

と訊いた。

「ああ、こいつを小粒に替えてもらいてえんだが」

男はふところに入れていた右手をおもむろに引き抜いた。その瞬間、

「あっ」

と仲助は息を呑んだ。男の右手に刃渡り一尺ほどの柳刃包丁《やなぎばぼうちょう》がにぎられている。

それに気づいた女客の一人が、思わず悲鳴を上げた。

「騒ぐんじゃねえ！」

やおら男は女客に躍りかかり、背後から羽交締《はがいじ》めにすると、女の喉元にぴたりと柳刃包丁を突きつけた。帳場格子の中の作兵衛が驚いて立ち上がった。

「ら、乱暴はおやめください！」

「金を出せ！　出さねえとこの女をぶっ殺すぞ！」

「しょ、少々、お待ちください」

「早くしろい！」

苛立《いらだ》つように男が怒鳴り声を上げる。

「は、はい」

作兵衛はおろおろと金箱を開けて、小銭を袋に詰め込みはじめた。それを見て男が、

「手めえ、なんで鐚銭《びたせん》ばっかり詰め込みやがるんだ！」

怒声を張り上げ、威嚇《いかく》するように柳刃包丁を振りかざした。その一瞬の隙《すき》をついて、女が男の腕を振りほどいて逃げ出した。すかさず二番番頭の庄二郎と手代頭の伸助が女を庇《かば》うように割って入った。

「ちくしょうッ！　ふざけた真似をしやがって！」

逆上した男は、庄二郎の顔面を叩きつけるように切り下ろすと、女の前に立ちふさがっている伸助の脇腹に柳刃包丁をぶち込み、さらに女の喉を横殴りに切り裂いた。

「うわッ」

「きゃーッ」

断末魔の悲鳴を上げて三人は倒れ伏したが、凶行はそれだけで終わらなかった。

男は血に飢えたけだもののように、土間の一隅にすくみ立っている別の女客と男客にも刃を向けたのである。

土間一面におびただしい血が飛び散り、店の中は一瞬にして血の海と化した。

「ひ、人殺し！　誰か、誰かきておくれ！」

帳場格子の中にへたり込んだまま、作兵衛が大声で叫んでいる。

男は血まみれの柳刃包丁を引っ下げて、土足のまま帳場格子に駆け上がり、作兵衛の背中を一突きにすると、金箔の小判や小粒をわしづかみにして袋に詰め込み、脱兎の勢いで飛び出していった。

悲鳴を聞きつけて、主人の安左衛門《やすざえもん》や手代の幸吉たちが奥から走り出てきたときには、もう男の姿は消えており、軒先の大暖簾が何事もなかったように風に揺れていた。

「な、なんということだ……！」

安左衛門の目に飛び込んできたのは、地獄絵図さながらの惨烈な光景だった。

「ひでえ有り様だ」

店に足を踏み入れるなり、広田栄三郎は思わず顔をしかめた。

筵《むしろ》をかけられた死骸が土間に五体、帳場格子の中に一体。死骸からはまだ血が流れ出しており、店の中には生々しい血臭が充満している。土間は一面蘇芳《すおう》びたしである。

「それにしても、荒っぽい手口ですね」

見習い同心の杉山新之助が、やり切れぬような表情でいった。

「正気の沙汰じゃねえな」

広田も苦い顔でつぶやく。

下手人は白昼堂々と両替屋に押し入り、何の罪もない六人の人間を殺害した上、金を奪って逃走したのである。まともな人間のやり口ではない。鬼畜の所業といえた。

「ところで『三嶋屋』」

広田が思い直すように、かたわらに立ちすくんでいる安左衛門に目を向けた。

「金はいくらぐらい盗られたんだ？」

「正確にはわかりませんが、七、八十両ではないかと」

「そうか」

思案顔で広田は土間にかがみ込み、十手《じって》の先で筵をめくって死骸を見た。

手代頭・伸助の死体である。

脇腹に刺し傷があった。まだ血が噴き出している。傷口は幅一寸ほどである。

「脇差《わきざし》や匕首《あいくち》の傷じゃねえな、これは」

「と申しますと？」

「おそらく柳刃包丁だ。傷の深さから見て、刃渡り一尺はあるだろう」

「刃渡り一尺というと、素人の使う包丁じゃありませんね」

「うむ」

うなずきながら、広田はゆっくり立ち上がった。

「血染めの包丁を引っ下げていたら人目につく。下手人はこの付近に得物を捨てて逃げたに違いねえ。……杉山」

「はい」

「小者を総動員して、この近くを捜索してくれ」

「かしこまりました」

ひらりと身をひるがえして、杉山は立ち去った。

それから小半刻後、本両替町一帯で大がかりな捜索が開始された。

路地の物陰や空き地の草むら、天水桶《てんすいおけ》やゴミ樽《だる》の中、裏路地の溝《どぶ》にいたるまで徹底的な捜索が行われたが、結局、その日は何も見つからなかった。

翌日は奉行所の御用船をくり出して、日本橋川の川ざらいが行われた。

その結果、広田栄三郎の読みどおり、本両替町からほど近い一石橋《いっこく》の橋下の川底から、血糊のついた柳刃包丁が見つかったのである。

包丁の刃には「卯之助《うのすけ》」の刻印があった。それが手がかりとなって、下手人の素性はすぐに割れた。京橋新肴《しんさかな》町の料理屋『生駒屋《いこま》』の板前・卯之助である。

すぐさま、広田と杉山は『生駒屋』に飛んだ。ところが、

「きのうからぷっつりと姿を消してしまいましてねえ」

応対に出た『生駒屋』のあるじは、そういって眉をひそめた。きのうの昼ごろ店を出たまま、今日になってももどってこないという。

「卯之助は住み込み奉公だったのか」

「はい。二月ほど前に雇い入れたばかりです」

あるじの話によると、卯之助はあちこちの料理屋や居酒屋を転々と渡り歩いている、いわゆる〝渡り包丁人〟で、『鳴海屋』に押し込んだ弥市同様、無類の博奕好きだったという。包丁人としての腕はそこそこだったが、

「身持ちの悪い男でしてね。手前どもも扱いに困っておりました。今月かぎりで辞めてもらおうかと思っていたところでございます」

あるじはそういって嘆息をついた。

「やつの行き先に心当たりはないか」

広田の問いに、あるじは首をひねるばかりである。

3

事件発生から三日後の夜――。
日本橋橋本町の淫靡《いんび》な明かりに彩られた路地を、頬かぶりの着流しの男が、右手に小さな風呂敷包みを下げて、何かを捜すような目つきで、雑踏の中をさまよい歩いていた。

手配中の卯之助だった。

右手に下げている風呂敷包みの中には、『三嶋屋』から奪った金が入っている。

この三日間、江戸市内の安宿を転々と泊まり歩いていた卯之助は、馬喰町のとある旅人宿で、何やらいわくありげな男たちが酒を酌み交わしながら、

「橋本町に〝逃がし屋〟がいるって噂《うわさ》だぜ」

と話しているのを小耳にはさみ、その噂を頼りにこの町にやってきたのである。

だが、〝逃がし屋〟がどんな人物で、どこに行けば会えるのか、手がかりはいっさいなかった。誰かに訊いてみようかと思ったが、逆に怪しまれて番屋に通報でもされたら、それこそ墓穴を掘ることになる。

本当に〝逃がし屋〟はいるのだろうか。

半信半疑の思いで、迷路のように入り組んだ路地を半刻ほど歩き廻っていると、ふいに路地の暗がりから破落戸《ごろつき》ふうの男が姿を現し、足早に近づいてきた。

「待ちな」

呼び止められて、卯之助はけげんそうに振り返った。

「おめえさん、さっきからこのへんを行ったりきたりしてるが、何を捜してるんだい？」

「この町に〝逃がし屋〟がいると聞いたもんでな」

「〝逃がし屋〟？」

男は剣呑《けんのん》な目で卯之助の顔をじろりとねめつけた。

「その話、誰から聞いたんだ？」

「誰ってことはねえさ。風の噂に聞いたのよ」

「どうやら事情《わけ》ありのようだな」

「おめえさん、知ってるのかい？　〝逃がし屋〟ってのを」

男はあたりに鋭い目を配ると、急に声をひそめて、

「人のいねえところで、ゆっくり話を聞こうじゃねえか」

あごをしゃくって卯之助を近くの路地にうながした。人ひとりがやっと通れるようなせまい路地である。溝板《どぶいた》の隙間から汚水があふれ出し、饐《す》えた臭いがただよっている。

男は路地の中ほどで立ち止まって、卯之助を振り返った。

「おめえさんの名を聞いておこうか」

「卯之助ってもんだ」

「追われ者かい？」

「ああ、すぐにでも江戸をずらかりてえんだが――」

「事と次第によっちゃ、おれが渡りをつけてやってもいいぜ」

そういって、男は薄い唇に物欲しげな笑みをにじませた。すぐにその笑みの意味を

察した卯之助が、ふところから小判を一枚取り出して男の手ににぎらせると、

「ついてきな」

と男は背を返して歩き出した。

路地を抜けたとたん、卯之助の目にまばゆいばかりの明かりが飛び込んできた。

橋本町三丁目の盛り場の明かりである。

軒につらなる掛け行燈や提灯、雪洞《ぼんぼり》などが五彩の光を放ち、そこかしこの店の前で厚化粧の女たちが道行く男たちに声をかけている。一見すると酒場の酌女のようだが、女たちのほとんどは色をひさぐ私娼なのだ。あちこちの路地から、薄汚い身なりの酔どれどもが酒と女を求めて続々と流れ込んでくる。

男は雑踏を縫うように歩き、とある店の前で足を止めた。

縄暖簾を下げた間口一間半ほどの小さな煮売屋である。軒端に『とんび』の屋号を記した提灯がぶら下がっている。

「ここにいるのかい？」

卯之助が訊いた。

「いや、いまはいねえ。あしたの暮六ツ、この店にきてくれ」

「あした？」

「ああ、七五郎って人が待ってるはずだ。目印は首に巻いた豆絞りの手拭いだ」

「その男が〝逃がし屋〟の差配師なのかい？」

「会えばわかるさ」

男は卯之助の横に体をすり寄せると、耳元でささやくようにいった。

「念のためにいっておくが、このことは他言無用だぜ」

「いうにはおよばねえさ」

「橋本町三丁目の『とんび』って煮売屋だ。覚えておきな」

いいおいて、男は小走りに人混みの中に消えていった。


寒さが一段と厳しくなり、この日の朝、『風月庵』の茅葺《かやぶ》き屋根にも初霜《はつしも》が降りた。朝陽を受けて白銀の霜がきらきらと輝《かがや》いている。裏の軒下に積んである薪《まき》を取りにいった歌次郎が、白い息を吐きながら入ってきて、

「ゆうべは冷えやしたねえ」

といいつつ、板間に上がってきた。幻十郎は囲炉裏の前で茶をすすっている。

「冷てえ、冷てえ」

囲炉裏の前に腰を下ろし、歌次郎は寒そうに火に手をかざした。

自在鉤《じざいかぎ》にかけられた鉄瓶が、ちんちんと音を立てて白い湯気を噴き出している。

「あれから、四日たつか――」

歌次郎が運んできた薪を囲炉裏にくべながら、幻十郎が独語するようにつぶやいた。

「もう江戸を出ちまったかもしれねえな」

卯之助のことである。『三嶋屋』事件の仔細や、その後の北町奉行所の探索状況などは歌次郎から報告を受けて、幻十郎も知っていた。

「ひょっとすると、この事件《やま》にも〝逃がし屋〟が一枚噛んでるんじゃ——」

「うむ。『鳴海屋』を襲った弥市も、『三嶋屋』に押し込んだ卯之助も大金を持っている。〝逃がし屋〟にとっちゃ上客だからな。……ところで」

といいさして、幻十郎は湯呑みの茶をぐびりと飲み干し、

「七五郎のその後の探索はどうなってる？」

「北町が必死に追っかけてるんですがね」

「見つからねえか」

「というより、恐ろしく逃げ足の早え野郎で、居所をつかんでもすぐに逃げられちまうそうです」

「つまり、町方が後手を踏んでるってわけか」

「そういうことになりやすね」

「ふーむ」

空になった湯呑みを囲炉裏の縁に置いて、幻十郎は沈思した。

北町の探索の指揮をとっているのは、広田栄三郎である。幻十郎は広田の性格をよく知っている。豪胆にして冷静沈着、洞察力がするどく、じっくりと腰を据えて先々の展開を読み、一気に事件を解決に導くというのが広田の手法だった。その広田が、七五郎ごとき小者に手を焼くというのは考えられないことである。

(焦《あせ》りか……)

幻十郎はそう思った。北町奉行所の月番は今月かぎりである。月が変われば探索の主導権は南町奉行所に移り、北町は補佐的な立場に立たされる。事実上、事件から手を引かなければならないのだ。その前になんとしてもこの事件を解決しておきたいという焦りが、広田にはあったのではなかろうか。

「いずれにしても、七五郎が捕まらねえことには、北町も手の打ちようがねえだろう」

「ほかに手がかりは何もありやせんからねえ」

「このまま高みの見物ってわけにもいかねえからな。鬼八に頼んでみるか」

「あっしで用が足りるんなら、ひとっ走り行ってきやすが」

「いや、おれが行く」

と立ち上がろうとしたとき、入口の板戸ががらりと開いて、市田孫兵衛が寒そうに背を丸めて入ってきた。

「孫兵衛どの」

「今日は、よう冷えるのう」

両手をこすりながら、孫兵衛は板間に上がり込み、囲炉裏の前にどかりと腰を据えた。

「ただいま、お茶を」

と腰を上げる歌次郎に、孫兵衛は手を振って、

「いや、構わんでくれ。囲炉裏の火が何よりの馳走《ちそう》じゃ。……おう、温《ぬく》い、温い」

「もう、すっかり冬ですな。今朝は初霜が降りましたよ」

「ああ、築地のお屋敷の庭も真っ白じゃった」

「で、今日は……？」

幻十郎が探るような目で見た。

「じつは、その……、おぬしにもう一つ、頼みたいことがあってな」

囲炉裏の榾火《ほたび》に手をかざしながら、孫兵衛は口の中でもぐもぐといった。

「もう一つ？」

「いや、なに、取り立てて急ぐ仕事ではないのだが……」

いつになく歯切れが悪い。幻十郎は苦笑を浮かべた。

「また無理難題を押しつけられたようですな、楽翁さまに」

「ま、難題といえば難題だが――」

苦渋の色をにじませる孫兵衛に、幻十郎は微笑を向けて、

「孫兵衛どのの立場はよくわかります。一応、話だけでもうかがいましょう」

「聞いてくれるか」

ほっとしたように孫兵衛は顔を上げて語りはじめた。

「これは楽翁さまというより、定永《さだなが》さまからのご依頼でな」

定永が、楽翁の嫡男で伊勢桑名十一万石の当主・松平越中守定永であることは、もちろん幻十郎も知っている。その越中守定永の話によると、

「但馬国出石《いずし》藩の家中に何やら不穏な動きがあるらしいのじゃ」

「出石藩！」

思わず幻十郎は瞠目した。先日、竈河岸《へっついがし》で三人の浪人者に斬殺された早川数馬という武士も、出石藩の藩士だったからである。その一件を打ち明けると、孫兵衛は、

「ほう、そんな事件があったのか」

と意外そうに目をしばたたかせながら、深く吐息をついた。

「どうやら、思った以上に深刻な事態になっておるようじゃな」

4

出石藩は、但馬国出石（出石郡出石町）周辺を領有する五万八千石の外様中藩である。宝永《ほうえい》三年（一七〇六）に信濃上田《しなのうえだ》から仙石政明《せんごくまさあきら》が入部、のちに家老職の仙石政《まさ》房《ふさ》が養子に入って政明のあとを継ぎ、以後、政辰《まさとき》、久行《ひさゆき》、久道《ひさみち》と在封、現在は六代・仙石政美《まさみつ》が当主の座におさまっている。

三代政辰のときに、出石藩は養蚕《ようさん》、生糸《きいと》、絹織物、陶磁器《とうじき》などの生産を奨励し、国産振興をはかったが、この数年、出石藩の城下で大火や天災が相次いだため、領内は疲弊《ひへい》し、藩の財政は極度に窮迫《きゅうはく》していた。

文政二年（一八一九）に藩の勝手方役人は、

「借金が大坂に三万両、江戸に一万両、近国に二万両もあって、利息だけでも年に六千両いります」

と藩の重役に具申している。出石藩の年間の貢租《こうそ》収納総額は、三万二、三千両であったから、いかに借金の額が大きいか想像できよう。

それまで藩の財政を主管してきたのは、仙石家の支族で大老職の仙石主計《かずえ》造酒《みき》である。ところが同じ支族の仙石左京《さきょう》久寿《ひさとし》が、藩主・政美に造酒の財政路線を厳しく非難する意見書を提出して仙石造酒を解任に追い込み、みずからが大老の座についた。いまから五年前の文政三年（一八二〇）八月のことである。

代々勝手方の職権を受け継いできた主計家の血縁者にとっては、まさに青天のへきれきであっただろう。この政変をきっかけに藩内では、左京派と主計派が激しく対立し、家臣同士の相克《そうこく》が絶え間なくくり返されてきたのである。

「左京家、主計家、どちらに理があり、どちらに非があるのか、門外漢のわしらにはうかがい知れぬことだが――」

囲炉裏の火で手をあぶりながら、孫兵衛が訥々《とつとつ》とつづける。

「このまま泥沼の内紛がつづけば、いずれ公儀の耳に入り、仙石家は断絶の憂《う》き目にあうやもしれぬ」

「殿さまは、その事態をどう見てるんですかね」

「問題はそれじや。当代藩主・政美どのは二十九歳という若さ、しかも生れながらに蒲柳《ほりゅう》の質《たち》だと聞く。それゆえ――」

「政務は人まかせってわけですか」

「うむ。藩政を取り仕切っているのは国元の重役たちだそうじゃ」

「お家騒動にはよくある話ですな」

「ま、しかし、ご病弱の政美どのを責めるわけにもいかんだろう」

「…………」

「仙石家は関ヶ原の合戦の折り、一族を東西両軍に分けて生き抜いてきたつわものの大名じゃ。万一、お家断絶ということになれば、仙石家の始祖・権兵衛秀久《ごんべえひでひさ》どのも浮かばれまい。できれば内々に騒動をおさめ、家名の存続をはかってやりたいと定永さまは申されておったそうじゃ」

「で、わたしの仕事というのは？」

「内紛の真因が那辺《なへん》にあるか、まず、それを……」

「探れと」

「その上で、両派の理非を見きわめ、非ある者を成敗する。むろん闇でな」

パチッと囲炉裏の榾火がはぜた。飛び散った火の粉を手ではらいながら、

「それで内紛はおさまりますかね」

幻十郎が懐疑的な口調でいった。

「藩内に多少のしこりは残るやもしれぬが……、しかし、両派の確執が消えれば、そのしこりもやがては消えてなくなるじゃろう」

「…………」

「どうじゃ？　この仕事、受けてくれるか」

「取り立てて急ぐ仕事ではない、とおっしゃいましたな」

「さりとて、のんびり構えられても困る。先日の一件と併せてこの件の探索も進めてもらいたいのじゃ」

「わかりました。心がけておきましょう」

「そうか。引き受けてくれるか」

孫兵衛の老顔に安堵《あんど》の笑みが広がった。

「これは別口の仕事だからな。費用《かかり》も別途支払うことにしよう」

そういって、懐中から財布を取り出し、幻十郎の膝前に三両の金子を置くと、では頼んだぞといいおいて、孫兵衛はゆったりと腰を上げた。


暮七ツ（午後四時）ごろになって、空がにわかに暗くなった。

灰色の薄雲が流れ、いまにも雪が散ってきそうな空模様である。

身を切るような寒さの中を、人々が猫のように背を丸めて家路を急いでいる。

広田栄三郎は、今川橋の北詰の自身番屋の中で、岡っ引の末三と茶を飲みながら、暮れゆく町をぼんやりとながめていた。昼過ぎから休みなく日本橋界隈を聞き込みに歩いたあと、この番屋に立ち寄って、ようやく一服つけたのである。

町方同心の退勤時刻は七ツと定められている。

だが、未解決の凶悪事件を二件も抱えている広田に定刻はなかった。

夜間の聞き込み、情報の整理分析、そして当座帳の作成など、その日のうちに処理しなければならない仕事が山積しており、連日、深夜の帰宅がつづいていた。

さすがに疲労の色は隠せなかった。目が窪《くぼ》み、頰がこけて、やつれた顔をしている。

「さて、もう一廻りしてくるか」

二杯目の茶を飲み干して、広田が大儀そうに腰を上げたときである。

「広田さん！」

見習い同心の杉山新之助が、息をはずませて飛び込んできた。

「杉山、何かわかったか」

「ええ」

杉山は大きく肩をゆすって息をととのえながら、

「昨夜遅く、七五郎が深川冬木《ふゆき》町の料理屋に姿を現したそうです」

「七五郎が？」

広田はふたたび腰を下ろした。

「一人でか？」

「いえ、破落戸ふうの男と一緒にやってきて、二階座敷で何やらひそひそ話し込んでいたそうです」

「その話、誰から聞いた？」

「座敷女中からです」

「それで？」

「あしたの六ツ（午後六時）ごろ、……つまり今日のことですが、橋本町三丁目の『とんび』という煮売屋にきてもらえないかと、破落戸ふうの男が七五郎に話していたのを、その女中がちらりと耳にしたそうです」

「そうか。よし」

　きらりと目を光らせて、広田は立ち上がった。

「末三、今日の聞き込みはこれで切り上げた。おめえは帰っていいぜ」

「へえ。じゃ、お先に失礼いたしやす」

　二人に一礼して、末三は自身番屋を出ていった。

「役所にもどって捕方を集めましょうか」

　杉山が訊いた。

「いや、勘づかれるとまずい。二人で踏み込もう」

「六ツまでには、まだ一刻（二時間）ほどありますが――」

「この身なりじゃすぐに町方とわかっちまう。いっぺん組屋敷にもどって、羽織だけでも変えてくるか」

「はい」

二人は足早に出ていった。

それから一刻後の暮六ツ。おびただしい明かりが横溢《おういつ》する橋本町三丁目の盛り場の雑踏の中に、頬かぶりで面《おもて》をおおい、無紋の茶羽織を羽織った二人の武士の姿があった。

広田栄三郎と杉山新之助である。二人を忍び遊びにきた勤番侍と見たのか、往来の男たちは誰も気にかけようとはしなかった。

「あれです」

杉山が足を止めて、前方に目をやった。

五間ほど先に『とんび』の提灯を下げた煮売屋があった。

「よし、おめえは裏に廻ってくれ」

「はい」

踵を返して、杉山は脇路地に飛び込んでいった。横目でそれを見送ると、広田は『とんび』の前に歩み寄り、腰高障子を引き開けて中に足を踏み入れた。

六ツを過ぎたばかりだというのに、店内は足の踏み場もないほど混んでいた。柱に掛けられた網雪洞《あみぼんぼり》の笠は脂《やに》で黄ばみ、客の顔も定かに見えないほど薄暗い。その上店内に充満した煮炊きの煙や湯気が視界を閉ざしている。

広田はようやく一隅に空いた席を見つけて腰を下ろし、注文を取りにきた店の女房らしき小肥りの中年女に燗酒一本と大根の煮つけを頼んだ。

煮売屋には、客の接待をする小女や下女はいない。

〈煮売屋の女房　折ふし赤くなり〉

と川柳にあるように、女気《おんなけ》のない煮売屋では店の女房が酌婦を兼ねたのである。

この店の女房も客に酒を呑まされて、赤い顔をしていた。

運ばれてきた酒を手酌でちびちびやりながら、広田は注意深く店の中を見渡した。

しばらくすると暗がりに目が慣れてきて、おぼろげに客の顔が見えるようになった。

前の席の客の肩越しに、一人で猪口をかたむけている男の顔が見えた。

（やつだ！）

広田の目が釘付けになった。男は手配中の卯之助だった。人待ち顔で黙然と酒を呑んでいる。七五郎を待っているに違いなかった。

（今夜こそ、やつを引っ捕らえてやる）

胸の昂《たかぶ》りを抑えながら、広田はゆっくり猪口を口に運んだ。

だが……。

四半刻（三十分）が過ぎ、半刻（一時間）が過ぎても七五郎は現れなかった。

広田の胸中に一抹の不安がよぎった。卯之助の顔にも苛立ちがにじみはじめた。しきりに目を動かして店の中を見廻している。卯之助の苛立ちはやがて怒りに変わった。

（野郎、騙《だま》しやがったな）

口の中で吐き捨てると、卯之助は憤然と席を立った。

同時に、広田も立ち上がった。気配を感じて卯之助が振り向いた。

目と目が合った。その瞬間、卯之助はパッと身をひるがえして戸口に走った。はずみで卓の上の徳利が土間に落下し、粉々に砕け散った。

「待て！」

広田が周囲の客を押し退けて、卯之助に躍りかかった。

折り重なるように二人は土間に倒れ込んだ。店内が騒然となった。客たちが右往左往している。凄まじい物音とともに卓がひっくり返り、徳利や小鉢、皿が土間に散乱した。

騒ぎを聞きつけて、裏口から杉山新之助が飛び込んできた。土間を転げ廻りながら、広田と卯之助が組んずほぐれつの格闘をしている。

「杉山、縄を打て！」

広田が卯之助を組み伏せながら叫んだ。

「は、はい！」

素早く十手の捕り縄を引き抜くと、杉山は卯之助の両手に縄をかけた。

「ち、ちくしょう！」

無念そうに歯噛みする卯之助を高手小手にしばり上げると、広田と杉山は引きずるように表に連れ出した。店の前にもう黒山の人だかりができていた。

「どけ、どけ」

と野次馬の群れをかきわけ、広田と杉山は卯之助を引っ立てて足早に去っていった。

その様子を、付近の路地の暗がりから鋭い目で見ていた男がいたことに、二人は気づいていなかった。男は七五郎だった。

第三章　内通者

1

トン、トン、トン……。

くぐり戸を叩く音が、断続的に聞こえている。

深川大島町の口入屋『肥後屋』の店の中である。

ややあって廊下の奥に明かりがさし、番頭の与兵衛が手燭《てしょく》をかざして出てきた。

「どちらさまでしょうか」

上がり框《かまち》に立ったまま戸口に向かって声をかけたが、返答はなく、またくぐり戸を叩く音がした。与兵衛は土間に下りて、くぐり戸のかんぬきを外し、そっと戸を開けて表を見た。紺看板《こんかんばん》に梵天帯《ぼんてんおび》、薄鼠《うすねず》色の股引《ももひ》き姿の中間《ちゅうげん》ふうの男が立っている。

「申しわけございません。本日はもう店を閉めましたので――」

「急ぎの用事なんだ」

ぶっきら棒にそういうと、男はくぐり戸を押し開けて、強引に中に入ってきた。髭《ひげ》が濃く、目つきの陰険な四十年配の男である。

「急ぎ、と申しますと？」

「ここにくれば、高飛びの手引きをしてもらえると聞いたんでな」

「失礼ですが、あなたさまは？」

うろんな目で与兵衛が誰何《すいか》した。

「富五郎《とみごろう》ってもんよ。見たとおりの折助《おりすけ》だ」

「その話はどなたからお聞きになったんで？」

「西念寺《さいねんじ》横丁の亥之吉《いのきち》って男から聞いた」

西念寺横丁は、深川門前仲町の一ノ鳥居の西にある横丁で、日本橋の橋本町にも劣らぬ無法街である。亥之吉はその界隈《かいわい》を縄張りにしている地廻りだった。

「さようでございますか。手前どものあるじを呼んでまいりますので、どうぞ、お上がりくださいまし」

与兵衛は慇懃《いんぎん》に頭を下げて、富五郎と名乗る男を帳場のわきの小部屋に案内し、いったん奥に引き下がったが、すぐにあるじの茂左衛門を連れてもどってきた。

「手前があるじの茂左衛門でございます」

如才《じょさい》のない笑みを浮かべて、茂左衛門は富五郎の前に腰を下ろした。

「江戸を出たいとおっしゃるんで？」

「ああ、ちょいと事情《わけ》があってな」

「差し支えがなければ、その事情とやらをお話しいただけませんかね」

「一々、おめえさんたちに話さなきゃならねえのかい？」

富五郎が不快そうにいった。

「手前どもも危ない橋を渡っておりますので、念のために」

「どうしてもっていうなら仕方がねえだろう」

富五郎は不承不承語りはじめた。

「おれは、ついきのうまで、とある旗本屋敷で中間奉公をしていた」

中間といっても、年季抱えの渡り中間なので、今月かぎりで奉公お構い——つまり解雇されることになっていたという。

「この世知辛いご時世、いったん仕事を離れたら、なかなかあとが見つからねえ。なんとか半年でも延ばしてもらえねえかと、中間頭に泣きついてみたんだが……」

取りつく島もなかったという。

それに腹を立てた富五郎は、昨夕、主人が外出するのを見計らって屋敷の奥書院に忍び込み、手文庫から金子二十両を盗んで逃げたのである。

　十両盗めば首が飛ぶといわれたこの時代、二十両の盗みは人殺しにも等しい大重罪である。しかも旗本屋敷内で起きた事件なので、捜査は幕府の探索方が担当することになる。

「いってみりゃ、公儀《おかみ》を敵に廻しちまったようなもんよ」

　富五郎は自嘲の笑みを浮かべた。

「すぐにでも江戸をずらかろうと思ったが、往来切手がなきゃ大木戸も関所も通れねえからな。どうしたものかと思案に暮れて西念寺横丁をうろついていたら、たまたま亥之吉って男と出会っておめえさん方の話を聞いたんだ」

「なるほど、そんないきさつがあったんですか」

「本当におめえさんが〝逃がし屋〟なのかい？」

　探るような目で見る富五郎に、茂左衛門はしたたかな笑みを浮かべていった。

「世間ではそう呼ばれているようですな」

「いくらで引き受けてくれるんだい？」

「往来切手を手に入れるための手数料が五両、しばらく身を隠すための費用《かかり》が五両、しめて十両になります」

「十両！」

「それが高いか安いかは、富五郎さんが判断なさることですが、ま、十両で首がつながると思えば安いものでしょう」

「ふふふ、盗っ人の上前をはねるとは、まさにこのこったな」

苦笑いを浮かべながら、富五郎は意を決するようにうなずき、

「わかった。それで手を打とうじゃねえか」

ふところから縞《しま》の財布を引き出して、十両の金子を茂左衛門の前に置いた。

「往来切手が手に入るまで、四、五日はかかると思います。それまで手前どもの寮に身をひそめていただきましょうか」

「その寮ってのは、どこにあるんだい？」

「向島です。番頭に案内させますので」

といって、茂左衛門はかたわらの与兵衛に目くばせをした。

「では、さっそくまいりましょうか」

与兵衛が富五郎をうながして立ち上がった。部屋を出て行く二人を見送ると、茂左衛門は十両の金子を手文庫におさめて腰を上げた。と、そこへ、

「旦那」

と声がして、七五郎がうっそりと入ってきた。

「やあ、七五郎さん。卯之吉って男はどうなりました？」

「それが……」

苦り切った面持ちで、七五郎は茂左衛門の前に座り込んだ。

「町方に捕まっちまいやしてね」

「捕まった！」

「あやうく、あっしも捕まるところでしたよ」

「その町方というのは、例の――？」

「広田って定町廻りです」

「ひょっとしたら」

茂左衛門の細い目に剣呑《けんのん》な光がよぎった。

「広田のねらいは卯之吉じゃなくて、七五郎さんだったのかもしれませんよ」

「かもしれやせん。まったく、しつこい野郎で」

「万一、おまえさんが捕まったら、わたしたちも一蓮托生ですからね。七五郎さんにはしばらくこの仕事から手を引いてもらいましょうか」

「へえ」

『肥後屋』の息のかかった差配師は、七五郎だけではない。江戸の各盛り場に七、八人はいた。西念寺横丁の亥之吉もその一人だった。当面七五郎が手を引いても、商売にさほどの影響はないのである。

「そのあいだに、広田という町方は、わたしが何とかしましょう」

茂左衛門はそういって、自信ありげににんまりと笑ってみせた。

但馬出石藩の上屋敷は、芝口南《しばぐち》の西久保《にしくぼ》にある。

西久保とは、愛宕山《あたごやま》と麻布《あざぶ》の高台にはさまれた低地一帯の総称で、「西の窪地」の意だといわれている。出石藩の上屋敷の敷地はおよそ九千九百坪、東に光明山天徳寺《こうめいざんてんとくじ》、南に三縁山増上寺《さんえんざんぞうじょうじ》を望む閑静な武家地である。

漆黒の空に風花《かざはな》が舞っている。

どこからともなく、物寂しげな犬の遠吠えが聞こえてくる。

寒々と風が吹き抜ける武家地の大路《おおじ》を、編笠をかぶり、黒革《くろかわ》の袖無し羽織に裁着《たつつけ》袴《ばかま》、腰に朱鞘《しゅざや》の大刀を差した浪人者が足早に歩いてゆく。幻十郎だった。

市田孫兵衛の依頼を受けて、出石藩上屋敷の内情を探りにきたのである。

通りの両側に塀をつらねる武家屋敷は固く門を閉ざし、息をひそめるように静まり返っている。出石藩上屋敷の北はずれの角で足を止めると、幻十郎は周囲の闇に鋭い目をくばり、ひらりと体を返して、右手の路地に飛び込んだ。

築地塀に沿って、屋敷の裏手に走る。

裏門の手前で立ち止まり、ふたたび四辺《あたり》に視線をめぐらせると、築地塀の上に手をかけて高々と跳躍し、塀の内側に下り立った。

そこは裏庭というより、広大な自然林だった。楓《かえで》や櫟《くぬぎ》、ブナ、ナラなどの雑木が密生している。木立の奥の闇にかすかな明かりが見えた。表殿舎の窓明かりである。

その明かりに向かって、歩を進めようとしたとき、幻十郎の足に何かが引っかかった。と同時に林のあちこちで、カランカランとけたたましい音が鳴りひびいた。

(しまった!)

鳴子《なるこ》縄に足を引っかけてしまったのである。

闇の奥にちらちら明かりがよぎり、家士が飛び出してきた。

三つの人影がこっちに向かって走ってくる。

幻十郎はとっさに身をひるがえして、築地塀に沿って南に走った。

「あっちだ!」

「逃がすな」

「追え!」

怒号とともに、龕燈《がんどう》の鋭い明かりが、幻十郎の背後に迫ってくる。

雑木林を抜けると、前方に裏門が見えた。そこにも龕燈を持った三、四人の家士が立っていた。ふいに幻十郎の足が止まった。

目の前に高さ五丈(約十五メートル)はあろうかという大楠《くすのき》が立っている。

次の瞬間、幻十郎の姿が忽然と消えた。跳躍して大楠の枝の上に立ったのである。

数瞬の差で、三人の家士が大楠の下を走り抜けていった。

異変が起きたのは、そのときだった。

「いたぞ！」

別の方向から怒声がひびいた。闇をすかして見ると、黒布で面をおおった武士が二人の家士に追われて裏門に向かって一目散に走ってくる。

裏門の前に立っていた三人の家士と、幻十郎を追ってきた三人の家士が、いっせいに抜刀して立ちふさがった。四方から龕燈の明かりが覆面の武士に照射された。

「おのれ、曲者！」

家士たちが覆面の武士に猛然と斬りかかった。

刃と刃が激しく咬《か》み合い、闇に火花が散った。覆面の武士は必死に斬りむすびながら大楠に向かって走った。その背中に白刃が降り下ろされた。

覆面の武士は一瞬よろめいたが、大楠の幹にもたれて、かろうじて踏みとどまった。

八人の家士たちが半円形に取り囲み、じわじわと包囲網をちぢめてくる。

カシャ、と鍔《つば》が鳴った。覆面の武士が刀を左手に持ち替えたのだ。右肩を斬られたらしく血がしたたり落ちている。

「殺すな。手捕りにせい」

低く下知《げち》したのは、長身巨軀《きょく》の侍だった。

その声を合図に二人の家士が左右から同時に斬り込んできた。

刹那《せつな》、
大楠の上から化鳥《けちょう》のように黒影が舞い下りてきた。

幻十郎である。黒革の袖無し羽織を翼《つばさ》のように広げ、着地と同時に抜刀した。

鮮血が飛び散った。二人の家士が交叉するように音を立てて倒れ伏した。

「な、なにやつ！」

長身巨軀の侍が驚声を発しながら、度肝を抜かれて立ちすくむ五人に、

「斬れ、斬れ！」

とわめき散らす。その声に押されて、五人が猛然と地を蹴って斬り込んできた。幻十郎は翻転《ほんてん》し、一瞬に三人を斬った。まさに鎧袖一触《がいしゅういっしょく》の早業である。

泰平安寧《あんねい》のこの時代、ほとんどの武士は真剣で人を斬った経験がない。武芸の心得があるといっても、道場で竹刀《しない》をまじえ、形だけを身につけた道場剣法にすぎない。

幾多《いくた》の修羅場《しゅらば》をくぐってきた幻十郎にとって敵ではなかった。まさに赤子の手をひねるも同然の相手なのだ。

たちまち残る三人も地に伏した。

刀の血ぶりをして鞘におさめ、幻十郎はすぐさま背後を振り返った。だが、そこに覆面の武士の姿はなかった。視線を転じて裏門を見ると、くぐり扉が開いていた。

隙《すき》を見て、くぐり扉から逃げ出したのだろう。地面に点々と血の痕《あと》が残っている。苦笑を浮かべながら、幻十郎も素早く身をひるがえして裏門から逃走した。

2

「賊は二人か……」

奥書院の燭台の明かりに、二つの影がゆらめいている。

うめくようにつぶやいたのは、四十前後の見るからに狷介《けんかい》な面貌の武士――国元で大老職をつとめる仙石左京久寿《ひさとし》だった。その前に対座しているのは、江戸家老・相良《さがら》内膳正重房《ないぜんのしょうしげふさ》。これも四十年配の狡猾《こうかつ》そうな面がまえをした男である。

「国元の主計《かずえ》家が差し向けた密偵に相違ございますまい」

相良がいった。

仙石左京が一子・小太郎《こたろう》を連れて江戸に出府してきたのは、一月ほど前だった。

左京派と深刻な対立をつづけてきた主計派は、左京父子の突然の出府に疑惑を抱き、その真意を探るためにひそかに江戸に密偵を差し向けた。――と相良は見たのである。

「どうやら、密偵はその二人だけではなさそうだな」

「確かなことはわかりませぬが、これまでの経緯から見て、少なくとも三、四人はいるのではないかと――」

「三、四人か」

左京は眉を曇らせた。

「大事の前に、そやつらに騒ぎを起こされたら、何もかもが水の泡だ。一刻も早く所在を突き止めて、始末せんとな」

「その旨、龍造寺どのに重ねて申し伝えておきましょう」

「それはそうと……」

気を取り直すように、左京が話題を変えた。

「公儀への根廻しはどうなっている？」

「目下、手づるを使って、田沼《たぬま》さまへの接触を図っているところでございます」

田沼とは、賄賂《わいろ》政治の権化として悪名高い、あの田沼意次《おきつぐ》の四男・田沼意正《おきまさ》のことである。父親の田沼意次は、天明《てんめい》六年（一七八六）、松平定信（楽翁）によって権力の座から追われ、二年後の天明八年、失意のうちにこの世を去っている。

意次の生涯の政敵であった松平定信（楽翁）は、意次失脚と同時に、田沼一族はもとより、田沼派の重臣や役人などをことごとく罷免、あるいは知行削減、あるいは死罪などの厳罰に処し、幕政から田沼派を一掃した。

だが、田沼家全盛のころ、老中・水野忠友《みずのただとも》の養子になっていた四男の意正だけは、粛清の嵐から逃れていたのである。やがて意正は田沼家に復籍し、文政二年（一八一九）に若年寄に返り咲き、さらに今年（文政八年）の四月には側用人に登用されて、十一代将軍・家斉《いえなり》の側近として、幕政の中枢に列していた。

その田沼意正へ、手づるを使って接触を図っているという相良内膳正の言葉の裏には、いかなる企みがあるのか？　一子・小太郎を連れて江戸に出府してきた仙石左京の真のねらいは何なのか？　謎は深まるばかりである。

漆黒の夜空に舞っていた風花が、いつの間にか雪に変わっていた。

家々の屋根や地面が白く光っている。

町明かりが消えて、森閑と寝静まった通りを、よろめくように歩いてゆく武士の姿があった。歳は三十二、三。髷《まげ》が乱れ、息づかいが荒く、衣服の右肩が切り裂かれ、血でびっしょり濡れている。先刻の覆面の武士だった。

武士は重い足取りで両国橋を渡っていった。

いつもは人の往来が絶えない回向院《えこういん》前の盛り場も、さすがにこの夜は人影もまばらで、ひっそりと静まり返っていた。

武士が向かったのは、本所相生町二丁目の伽羅屋『美松屋』の貸家だった。

玄関の戸を引き開けて、のめるように中に入ると、廊下の奥に足音がひびき、髭の濃い精悍《せいかん》な面立ちをした武士が手燭を持って姿を現した。河野転《うたた》である。

「慎吾《しんご》、どうしたのだ！　その怪我は」

右肩から噴き出ている血を見て、河野は瞠目した。

「面目ございません。不覚を取りました」

あえぐようにそういうと、武士は崩れるように片膝をついた。この武士は出石藩の国侍で、名を笠原《かさはら》慎吾という。

「怪我の手当てをしなければ……、さ、上がれ」

河野は笠原の体を抱え起こして奥の部屋に連れていった。

「大事ないか、笠原」

酒勾《さこう》清兵衛が心配そうに声をかけた。

「は、はい。ご心配にはおよびませぬ」

「まずは傷の手当てだ。服を脱げ」

河野がいった。うなずいて、慎吾は片肌脱ぎになった。右肩口に長さ六、七寸の切り傷がある。骨に達するほどの深い傷だった。

河野が手桶《ておけ》に汲《く》んできた水で傷口の血を拭き取り、焼酎《しょうちゅう》を吹きかけて消毒した。笠原はじっと目を閉じて痛みに耐えている。血止めの薬を塗って白木綿《しろもめん》の晒《さらし》を巻いた。

「四、五日もすれば傷口がふさがるだろう」

「ありがとうございます」

両手をついて、慎吾は深々と頭を下げた。

「で、藩邸の様子はどうだった？」

清兵衛が訊いた。

「出府以来、左京父子《おやこ》は藩邸内に閉じ込もったまま、一歩も外に出ませぬ」

「そうか。一歩も動かぬか」

「我らの襲撃を警戒しているのではないでしょうか」

「うむ」

「用心深い男ですな、左京も」

河野が苦々しくいう。

「藩邸に討ち入るというわけにもいかんからな。慎吾の怪我が治るまで、しばらく静観することにいたそう。来月になれば応援の三人も到着する。策を立てるのは、それからでも遅くはあるまい」

「そういえば、一つ不審なことが――」

慎吾がふと思い出したようにいった。

「何だ？」

「家中の者たちと斬り合いになったとき、わたしを助けてくれた者がおりました」

「何者なんだ、そやつは？」

「編笠をかぶっていたので顔は定かに……」

「侍か」

「はい。恐ろしく腕の立つ浪人体《てい》の男でございました」

「腕の立つ浪人者？」

一瞬、清兵衛の脳裏に羽州浪人・神谷源四郎と名乗った郎人＝幻十郎の顔がよぎった。河野もそのことを思い出して、

「もしや、その浪人、先日の――」

といいさすのへ、清兵衛は、

「わしもそう思ったが……、しかし」

と打ち消すようにかぶりを振って、

「偶然が二度も重なるとは思えんからのう。それにあの男は、出石藩とは縁もゆかりもない素浪人だ。危険を冒して藩邸に忍び入る理由は何もあるまい」

「すると、いったい何者が？」

「ひょっとすると、公儀の隠密やもしれんぞ」

「公儀！」

河野は思わず息を呑んだ。

あり得ない話ではなかった。元和偃武《げんなえんぶ》以来、幕府と諸侯の関係は一見平穏を保っているかに見えたが、そのじつ水面下では、幕府の強権的な大名統制が厳然としてつづけられていたからである。

幕府が隠密を駆使して諸藩の不正や不始末、不祥事を容赦なく剔抉《てっけつ》し、改易や廃絶に追い込んだという例は、過去にいくらでもあるのだ。

「左京派との争いが表沙汰になれば、公儀にまたとない口実を与えることになる。それだけは何としても避けねばなるまい」

押しつぶすような声で、清兵衛がいった。

「三人の同志が到着するまで、しばらく自重いたしましょう」

「うむ。――慎吾」

「はい」

「役目ご苦労だった。長屋にもどってゆっくり養生してくれ」

「はい。では、わたしはこれにて」

二人に一礼して、慎吾は辞去した。

雪はまだ降っていた。

慎吾が仮住まいしている長屋は、本所相生町から歩いて四半刻もかからぬ深川常盤《ときわ》町にあった。長屋といっても「九尺二間《くしゃくにけん》」の裏店《うらだな》ではなく、六畳二間に台所のついた比較的ゆったりとした間取りの長屋で、常盤町一丁目と二丁目の境の路地に面して建っていた。

その路地に足を踏み入れた瞬間、慎吾ははたと足を止めて路地の奥に目をやった。部屋の障子窓にほんのりと明かりがにじんでいる。長屋を出るときに、行燈《あんどん》の火は確かに消してきたはずなのだが……、

(妙だな)

慎吾の顔に緊張が奔《はし》った。左手を刀の柄にかけて、ゆっくり戸口に歩み寄り、用心深く部屋の中の気配を探った。と、ふいに、

「慎吾さま?」

中から女の声がした。その声を聞いて、慎吾の顔にほっと安堵《あんど》の色が浮かんだ。

腰高障子を引き開けて三和土《たたき》に立つと、正面の障子が開いて、若い女が姿を現した。二十歳《はたち》を越したばかりと見える色白の可憐な感じの女である。

「お袖《そで》さん、来ていたのか」

長屋の大家・徳兵衛《とくべえ》のひとり娘・お袖だった。

「慎吾さま、どうなさったんですか。その怪我は」

右腕を白木綿の晒で吊っている慎吾を見て、お袖が顔をしかめた。

「両国広小路で、刃物を持った酔どれにからまれてな」

「まァ！」

「さいわい近くに医者の家があったので、手当てをしてもらった」

いいながら、慎吾は草履《ぞうり》を脱いで部屋に上がった。

「ほう、夕飯の支度をしてくれたのか」

部屋には箱膳が二つ並べられ、煮魚や蒸し物、香の物の小鉢など、お袖の心づくしの手料理がのっていた。

「夕食は済ませたのですか？」

「いや、まだだ」

「お味噌汁が冷めてしまったので、温めてきます」

「だいぶ待ったのか？」

「一刻（二時間）ほどかしら。……父が商用で川崎に出かけて、今夜は帰ってこないんです。一人で食事をするのも味気ないので、勝手に押しかけてきました」

そういって、お袖は屈託《くったく》なく笑うと、台所の竈《かまど》に味噌汁の鍋《なべ》をかけて温め、汁椀によそって運んできた。

「お袖さんの手料理にありつけるとは思わなかったよ。かたじけない」

ぺこりと頭を下げ、慎吾は湯気の立つ味噌汁をうまそうにすすった。

「お味はいかがです？」

「うまい。それに体も温まる」

お袖も膳の前に腰を下ろして食べはじめた。

「雪が降ってきましたね」

「ああ、江戸は思ったより寒い」

「今年は特別ですよ。雪が降るのも半月ほど早いような気がします」

「そうか」

そこで会話が途切れ、二人は黙々と箸を運んだ。しばらくの沈黙のあと、

「――早く仕官の口が見つかるといいですね」

お袖がぽつりといった。

「うむ」

慎吾はあいまいにうなずいた。この長屋を借りるとき、仕官の途を得るために江戸に出てきたと方便を使ったのである。お袖はその話を鵜呑《うの》みにしているのだ。

食事が終わり、膳の後片付けを済ませて、慎吾に茶を淹《い》れると、

「じゃ、わたしは失礼します」

と、お袖が立ち上がった。

「お袖さん、泊まっていかんか」

慎吾がいった。他意のない、あっけらかんとした口吻《こうふん》である。

「え」

お袖のほうが戸惑っている。お袖の家はここから十丁（約一キロ）ほど離れた清住《きよすみ》町にある。泊まるほどの距離ではないのだが、慎吾は大真面目だった。

「こんな時分に女のひとり歩きは物騒だし、それに雪も降っている。今夜は泊まっていったほうがいい」

「あ、あの、でも……」

どぎまぎと視線を泳がせるお袖に、

「あ、いや、誤解されては困る。わたしはお袖どのの身を案じていっているのだ。他意はない」

「べつに、誤解してるわけじゃありませんけど――」

「お袖どのは奥の部屋で寝てくれ。わたしはここでごろ寝をする」

そういうと、慎吾は火鉢のわきにごろりと横になった。よほど疲れているのだろう。横になるなり、もう寝息を立てていた。

少年のように邪気のない、おおらかなその寝顔を見て、お袖は微笑を浮かべ、部屋のすみにあった綿入れの丹前をそっと慎吾の体にかけると、

「おやすみなさい」

ささやくようにいって、隣室に去った。

3

雪の夜を境に、やや寒気がゆるみはじめた。

この数日、おだやかな晴天がつづき、江戸の町も活気を取りもどしている。

幻十郎は、昼少し前に『風月庵』を出て、両国に向かった。

出石藩上屋敷の潜入に失敗したあと、『四ツ目屋』の鬼八に藩邸内の情報を取るよう依頼し、三日後に会うことにしていた。今日がその三日目だった。待ち合わせの場所は、両国広小路に面した米沢町一丁目の蕎麦《そば》屋『千寿庵《せんじゅあん》』の二階座敷である。

浜町河岸から通塩《とおりしお》町の大通りに出たところで、

（おや？）

と幻十郎は足を止めて四辺に目をやった。

沿道をおびただしい人波が埋めつくしている。それも通塩町の一角だけではなかった。日本橋方面から両国広小路にかけて、延々と切れ目なく人垣がつづいている。

何事かとけげんに思いながら、人垣をかきわけるようにして広小路に出た。

そこにも黒山の人だかりができていた。押し合いへし合いの人混みの中を泳ぐように歩いて、ようやく『千寿庵』に到着すると、鬼八は先にきていて手酌でやっていた。

「あ、旦那、お先にやらせてもらっておりやす」

「えらい人出だな」

膳の前に着座するなり、幻十郎がうんざりした顔でいった。

「何の騒ぎなんだ？　あれは」

「『三嶋屋』に押し入った卯之助って野郎が引き廻されるそうで」

「ほう」

幻十郎は意外そうに目を細めた。歌次郎から卯之助が捕縛されたと聞いたのは、つい四日前のことである。

捕縛からわずか四日後に刑が執行されるというのは、異例の早さといっていい。卯之助の場合は罪が重大で、罪状が明白だったために審理が早く進んだのであろう。

日本橋方面から両国広小路にいたる沿道を延々と埋めつくした人波は、その引き廻しの行列を一目見ようと集まってきた人々だったのだ。

ちなみに引き廻しには軽重《けいちょう》の二種類があり、軽いものは日本橋・江戸橋間、重いものは四谷御門、赤坂御門、日本橋、筋違橋《すじかい》、両国と江戸城の外郭《がいかく》を引き廻された上、千住小塚原《せんじゅこづかっぱら》の刑場で打ち首獄門《ごくもん》に処せられる。卯之助は後者であった。

「ところで、例の件ですが」

鬼八が膝を乗り出して、急に声をひそめた。

「ちょいとしたツテがありやしてね。出石藩の奥向きに出入りしている『吉備《きび》屋』って唐物《とうぶつ》屋のあるじから話を聞いてきやしたよ」

唐物屋とは、舶来《はくらい》の装飾品や小間物を商う、現代でいう輸入雑貨商のことである。商売柄、『吉備屋』は武家の奥向きに出入りすることが多く、大名旗本の内情に精通しているという。

「で、何かわかったのか？」

「国元で大老職をつとめている仙石左京が、ひとり息子を連れて、ひと月ほど前から江戸藩邸に滞在してるそうです」

「息子連れで？」

「へえ。名は小太郎、歳は十八だそうで」

「それも妙な話だな。まさか息子連れで物見遊山《ゆさん》ってわけでもねえだろう」

「くわしい事情は、『吉備屋』もわからねえといっておりやした」

「そうか」

猪口《ちょこ》を持つ手を止めて、幻十郎は思案の目を虚空に据えた。

出石藩の藩邸内には、鳴子縄が張りめぐされ、異常とも思える厳戒態勢がしかれていた。そのことと左京父子の出府とは、何か関わりがあるのだろうか。あるとすれば、よほど外部には知られたくない秘密が隠されているに違いない。

「おめえに、もう一つ頼みがある」

呑み干した猪口を膳に置いて、幻十郎がいった。

「へえ」

「本所相生町二丁目の『美松屋』の貸家に、酒勾清兵衛って侍が住んでるんだが、その侍の身辺を探ってもらいてえんだ」

「何者なんですかい？　その侍は」

「出石藩の国侍だ。その男の動きを探れば、左京父子の江戸出府の謎が解けるかもしれねえ」

「わかりやした。いっぺん調べてみやしょう」

と、そのとき、表がにわかに騒がしくなった。

「引き廻しがきたようですぜ」

鬼八が障子窓を開けて、表を見た。

地鳴りのような喚声とともに、通りを埋めつくした人波が大きくうねりながら左右に割れて、その奥から物々しい引き廻しの行列がゆっくり突き進んできた。

行列の先頭は六尺棒を持った下人《げにん》二名、ついで罪状を記した捨札《すてふだ》を持った下人一名と抜き身の槍《やり》をかついだ矢ノ者二名、そのあとから、うしろ高手にしばり上げられた卯之助が裸馬に乗せられてやってくる。

馬の轡取《くつわと》りが二名、介添えの小物が二名、刺股《さすまた》や突棒《つくぼう》などの捕り物道具を持った矢ノ者が二名、さらに陣笠《じんがさ》、野羽織《のばおり》、袴《はかま》、帯刀の町奉行所与力と検死役の正副二名の与力が騎馬でつづき、その後方に丸羽織《まるばおり》、股引《ももひ》き、脚絆《きゃはん》の同心四名がついている。

「人でなし！」

「鬼畜生め！」

「地獄に堕《お》ちやがれ！」

興奮した群衆が、馬上の卯之助に罵声《ばせい》を浴びせている。中には唾《つば》を吐きつける者や小石を投げつける者もいた。

卯之助は目を閉ざして、悄然とうつむいている。

捕縛されてから裁きの場に引き出されるまで、相当手ひどい拷問《ごうもん》を受けたのだろう。目のまわりが青黒く腫《は》れ上がり、頬はげっそりとそげ落ちて見る影もなくやつれている。

広小路をゆっくり西に進んだ引き廻しの行列は、両国橋の西詰でUターンして、浅草御門橋に向かって進行しはじめた。

浅草御門橋を渡って奥州街道を北進すると、千住小塚原の刑場までは残りわずかな距離である。卯之助にとっては、それが娑婆《しゃば》とあの世をつなぐ最後の道行きになるのだ。

行列がふたたび『千寿庵』の前に差しかかったとき、突然、卯之助の体が瘧《おこり》にかかったように激しく震えはじめた。よく見ると馬の背が水をかぶったように濡れている。極度の恐怖のために失禁したのである。

「卯之助の野郎、小便《しょんべん》を漏らしてますぜ」

鬼八が嘲《あざけ》るようにいった。

「因果応報《いんがおうほう》だ。たっぷり苦しむがいいさ」

つぶやきながら、幻十郎は冷然と行列を見送った。


その日の夕刻――。

広田栄三郎は、ひさしぶりに奉行所近くの小料理屋『さわちや』に足を向けた。

『さわちや』は広田の十数年来の行きつけの店である。奉行所に近いといっても、呉服町の裏の稲荷新道《いなりしんみち》という横丁にある小さな店なので、役所の朋輩たちと顔を合わせることはめったになかった。広田にとっては、我が家のようにくつろげる場所なのである。

時刻が早いせいか、客はまだいなかった。

「どうぞ」

と酌をしたのは、あるじの松次郎《まつじろう》である。歳は五十一。十六のときから包丁一筋に生きてきたというだけあって、酸《す》いも甘いも嚙み分けた枯れた感じの男である。

「卯之助がお仕置きになったそうですね」

「ああ、いまごろは三尺高い板の上に、野郎の獄門首がのってるはずだ」

「これで旦那もやっと肩の荷が下りたんじゃねえですか」

「いや」

広田は浮かぬ表情でかぶりを振った。

「まだ手放しで喜ぶわけにはいかねえ。もう一つ片付けなきゃならねえ事件《やま》が残っているからな」

『鳴海屋』事件のことである。弥市の行方はいまだに杳《よう》としてわからないのだ。

「けど、焦《あせ》ることはございやせんよ。天網恢々《てんもうかいかい》疎《そ》にして漏らさずってね。悪事を働いたやつはお天道《てんとう》さまが許しちゃおきやせん」

「慰《なぐさ》めてくれるのはありがてえが――」

広田はほろ苦く笑って、

「町方がお天道さまを頼るようになったら、おしまいだぜ」

「そりゃまあ、そうですが……」

切り返されて、松次郎も苦笑いを浮かべた。

そこへ、商人風の男が三人、ずかずかと入ってきた。

「いらっしゃいまし。どうぞ、奥のほうへ」

三人の客をうながして、松次郎は板場に去った。

（どうも、わからねえ）

手酌でやりながら、広田は胸のうちでぼそりとつぶやいた。

卯之助が処刑されたことで『三嶋屋』事件は解決したが、広田の胸中にはまだ割り切れぬものがあった。どうしても解けぬ謎が一つだけ残っていたのである。

あの晩、卯之助は日本橋橋本町の煮売屋『とんび』で〝逃がし屋〟の差配師・七五郎と会うことになっていた。それは杉山新之助の調べでも明らかだった。

なのに、なぜ七五郎は現れなかったのか？

その謎がいまだに脳裏にこびりついている。事前に情報が漏れたのか。それとも杉山が入手してきた情報そのものに、何かかからくりがあったのか。

もちろん卯之助を捕縛したあと、厳しく責め立てて追及したが、卯之助もその理由《わけ》がさっぱりわからないといっていた。むしろ卯之助は、

「七五郎って野郎に裏切られた」

と悔しがっていたほどである。

だが、よく考えてみると、それも妙な話だった。『三嶋屋』から大金を奪った卯之助は〝逃がし屋〟にとって、この上ない〝鴨《かも》〟なのである。七五郎が裏切らなければ

ならない理由は何もないはずだ。

(どうも、わからねえ)

猪口をかたむけながら、広田はまた同じ言葉をつぶやいた。

「旦那」

ふいに背後で低い声がした。振り返ってみると、いつの間に入ってきたのか、岡っ引の末三が身をすくめるようにしてうっそりと立っていた。

「末三か、どうした?」

「とびきりの情報《ねた》を手に入れやしたよ」

広田は思わず店内に鋭い目をくばった。

「七五郎か」

「へえ。野郎の情婦《おんな》の家《やさ》を突き止めやした」

「七五郎はその家にいるのか」

「四半刻ほど前に女の家に入っていくのを見届けてきやした」

「そうか。でかしたぞ、末三」

「あっしがご案内いたしやす」

「うむ」

卓の上に酒代を置いて、広田は立ち上がった。

4

満天の星が外濠《そとぼり》の水面に映えて、きらきらと輝《かがや》いている。

昼間はおだやかな日和《ひより》だったが、夜になるとやはり冷え込みは厳しく、身を切るような寒気が張りつめている。

路上に青い影を落として、広田と末三は外濠沿いの道を北に向かって歩いていた。

やがて前方に小さな木橋が見えた。

神田堀と外濠の合流点に架かる竜閑《りゅうかん》橋である。

「末三」

広田が先に立って歩いている末三に声をかけた。

「へい」

「その女の家はどこにあるんだ？」

「三河《みかわ》町一丁目です」

「三河町か。もうじきだな」

神田三河町は、竜閑橋を渡って鎌倉河岸《かまくらがし》を西へ五、六丁行った右手にある。

足を速めて竜閑橋を渡ろうとしたときだった。突然、先を歩いていた末三が脱兎の勢いで走り出した。

「どうした！　末三」

応答はなく、末三の姿はもう夜の闇に消えていた。何が起きたのか、わけもわからず広田も走り出していた。一目散に橋を駆け渡り、鎌倉河岸に足を向けた瞬間、

（あっ）

と息を呑んで立ちすくんだ。行く手をふさぐように三つの黒影が仁王《におう》立ちしている。夜目にも浪人とわかる風体《ふうてい》の男たちだった。

「な、何者だ、貴様らは！」

「ふふふ、鈍い男だな。まだわからんのか」

浪人の一人が薄笑いを浮かべながら、ずいと歩を踏み出した。黒木弥十郎だった。

「あれを見ろ」

黒木があごをしゃくった。濠端の柳の老樹の下に、末三が身を隠すようにして立っていた。それを見て、瞬時に広田はこの事態を理解した。罠《わな》にはめられたのだ。

「そうか。そういうことだったか――」

あの晩、七五郎に情報を漏らしたのは、岡っ引の末三だったのである。いや、あの晩だけではない。以前にも何度か七五郎を捕り逃がしている。それもすべては末三の裏切りだったのだ。

「要は貴様が邪魔なのだ」

黒木が冷然といい、

「死んでもらうぜ」

ぎらりと刀を抜き放った。同時に二人の浪人も抜いた。

反射的に広田は間境《まざかい》の外に跳んで抜刀した。だが、黒木の動きはそれより速かった。

広田が跳ぶ前に、素早く背後に廻り込み、退路を断ったのである。

前に二人、背後に一人。挟撃《きょうげき》の陣形だった。

広田は片足を引いて右半身に構え、前後からの斬撃に備えた。

前の二人がじりじりと間合いを詰めてくる。背後の黒木は刀を中段に構えたまま、微動だにしない。憎いまでに落ちついている。広田の目が動いた。

(背後の一人をねらうか)

前の二人が仕掛けてくる前に、先手を取って背後の一人を倒せば、死地を脱することができる。血路を開くにはそれしかあるまいと広田は思った。

次の瞬間、広田はひらりと体《たい》を返して、猛然と黒木に突進していった。

キーン!

鋭い金属音がひびいた。上段から叩き下ろした広田の刀を、黒木がすくい上げるようにはじき返したのだ。凄まじい速さであり、勢いだった。

反動で広田の体が大きくのけぞった。そこへ前の二人が斬り込んできた。

ぶん、と刃うなりがした。

左肩に熱い痛みが奔り、着物の袖口からおびただしい血がしたたり落ちた。

息つく間もなく二の太刀が飛んできた。上体をひねって、かろうじてかわした。

脚がもつれた。体勢を崩したところへ、横殴りの一刀が飛んできた。

さすがにこれはかわし切れなかった。

肉を断つ鈍い音がした。脇腹が横一文字に切り裂かれ、血しぶきが飛び散った。

思わず脇腹に手を当ててみた。手のひらにぬるりと生温かいものが触れた。腹の裂け目から飛び出したはらわたである。

奇妙なことに痛みはまったく感じられなかった。全身からすっと力が抜け、虚空をさまようような感覚にとらわれた。霧がかかったように視界がぼやけている。

次の瞬間、広田は信じられぬ行動に出た。

刀を投げ捨てるなり、飛び出したはらわたを両手でつかんで、腹の裂け目に押し込みはじめたのである。むろんこれは意識的な行為ではない。本能がなせる業《わざ》だった。

「ふふふ、死に損ないめ、血迷ったか」

黒木がせせら笑った。二人の浪人はあっけにとられて見ている。

「よし、わしが引導を渡してやる」

いうなり、広田の背中にとどめの一突きをくれた。切っ先は心ノ臓をつらぬき、胸板に飛び出した。前のめりに倒れ伏した広田の背中に脚をかけて刀を引き抜くと、

「行こう」

二人の浪人をうながして、黒木は悠然と背を返した。

柳の老樹の陰に身をひそめていた末三が、恐る恐る歩み出てきて、

「旦那、恨まねえでおくんなさいよ」

地面に突っ伏している広田の死骸にささやくように話しかけた。

「金が仇の世の中ですからねえ。きれいごとだけじゃ生きてはいけねえんですよ。……南無阿弥陀仏、南無阿弥陀仏」

両手を合わせて、立ち去ろうとしたとき、ふいに広田の体がぴくりと動いた。

「す、末三……」

絞り出すような声に、末三はギョッとなって振り返った。

広田が凄い目で見上げている。崩れた髷《まげ》がざんばら髪になり、血で濡れた顔にすだれのように張りついている。文字どおり幽鬼《ゆうき》のように悽愴《せいそう》な形相である。

「旦那！」

「て、てめえは……、人間の屑《くず》だ」

うめくようにそういうと、広田は口から血反吐《ちへど》を吐いてがっくりと絶命した。

「ひえ！」

末三は肝を飛ばして一目散に逃げ出した。

「これで七五郎さんも、人目を気にせず町を歩けるようになりましたな」

赤ら顔に老獪な笑みを浮かべたのは、『肥後屋』茂左衛門である。

「おかげさまで……」

七五郎がぺこりと頭を下げた。その横で黒木弥十郎が黙然と盃をかたむけている。

深川門前仲町の料理茶屋『浜よし』の座敷である。三人の前には豪華な酒肴《しゅこう》の膳部が並んでいる。七五郎が盃の酒をなめるように呑みながら、

「思えば、卯之助って野郎も運のねえ男でしたよ。もうちょっとで助かるところだったんですがねえ」

しみじみといった。じつは七五郎も両国広小路の群衆にまぎれて、卯之助の引き廻しの行列を見ていたのである。

「まさに地獄極楽紙一重というわけだな」

黒木がぼそりといった。それを受けて茂左衛門が、

「運がないといえば、おかげで手前どもも上客を逃してしまいましたよ。聞くところによると、卯之助という男は『三嶋屋』から七、八十両の金を奪ったそうで。その半

分は〝逃がし料〟として手前どものふところに転がり込んできたはずなんですがねえ」

「半分というと三、四十両か。それは惜しいことをしたな」

「ですが――」

七五郎が首を振って、

「江戸には弥市や卯之助のような悪党が掃いて捨てるほどおりやすからね。その気になりゃ三、四十両の金はいつでも稼げますよ」

「ま、邪魔者も消えたことですから、せいぜい七五郎さんたちには頑張ってもらいましょうかね」

茂左衛門が二人の盃に酒を注ごうとしたとき、廊下に足音がひびいた。

「お見えになったようですな」

からりと襖《ふすま》が開いて、山岡頭巾《やまおかずきん》をかぶった恰幅《かっぷく》のよい武士が入ってきた。

道中奉行の龍造寺長門守である。

「お待ちしておりました。どうぞ」

茂左衛門にうながされて膳部の前に腰を下ろすと、龍造寺はおもむろに頭巾をはずし、三人の顔をじろりと見廻しながら、

「おぬしたち、ずいぶんと手荒な仕事をしてくれたのう」

いきなりそういった。だが、咎《とが》めるような口調ではない。むしろおだやかな口ぶり

である。広田栄三郎殺害の件であることは、三人にもすぐにわかったが、茂左衛門はあくまでもしたたかに、

「さて、何のことでございましょう?」

と、とぼけ顔で訊き返した。

「ふふふ、いまさらわしに隠しだてすることもあるまい」

龍造寺は皮肉に笑ってみせた。さすがに三人は気まずそうに目を伏せた。

「北の番所が大変な騒ぎになってるぞ」

「じつは、その……」

「ふふふ、いわずとも、わかっておる」

龍造寺は膳の上の盃を取って、無造作に突き出した。

「あ、これは、ご無礼を」

あわてて茂左衛門が酌をする。

「おぬしたちにとって邪魔な者は、わしにとっても邪魔な存在になる。禍《わざわい》の芽は早めに摘《つ》み取っておくに越したことはあるまい」

「恐れ入ります」

卑屈な笑みを浮かべて、茂左衛門は低頭した。龍造寺が思い出したようにふところから二つに折り畳んだ書状を取り出して、

「例の物を持ってきたぞ」

と茂左衛門の前に置いた。富五郎の偽造往来切手である。茂左衛門は丁重に礼をいって書状を受け取ると、袱紗《ふくさ》に包んだ金子を差し出した。それをわしづかみにして懐中にねじ込みながら、

「ところで、肥後屋――」

龍造寺はあらたまった口調で、茂左衛門に向き直った。

「相良どのから再度の依頼があってな」

「相良さまから？」

「出石藩の国侍が三、四人市中に潜伏しているらしい。そやつらを捜し出して一人残らず始末するよう頼まれた。面倒な仕事だが、どうだ？　請けてもらえぬか」

「かしこまりました。黒木先生と七五郎さんの力をお借りして何とか……」

いいながら、二人の顔をちらりと見た。

「わかりやした。お引き請けいたしやしょう」

七五郎がいった。

「わしも心がけておく」

盃をかたむけながら、黒木もうなずいた。

――まさか！

歌次郎の話を聞いて、幻十郎は一瞬我が耳を疑った。

昨夜、竜閑橋の北詰で広田栄三郎が何者かに斬殺されたという。にわかには信じられないことだった。半信半疑の思いで、もう一度歌次郎に訊いてみた。

「その話、本当なのか」

「間違いありやせん。脇腹を斬られた上に、心ノ臓を一突きにされていたそうで」

「得物は刀か？」

「北町の検死役人はそう見てるようです」

だとすれば、下手人は武士や浪人者であろう。それも複数に違いない。

広田は北町でも五指に入る剣の遣い手だった。一対一の斬り合いであれば、そうむざむざと殺されるわけはない。心ノ臓の一突きがとどめになったとすれば、偶発的な喧嘩ではないだろう。下手人は明らかに広田の命をねらったのだ。

「死体を見つけたのは？」

「鎌倉河岸の自身番屋の番太郎です。夜廻りの途中、竜閑橋の北詰で広田さんの死骸を見つけ、北の番所に通報したそうで」

時刻は昨夜の六ツ半（午後七時）ごろだったという。

「竜閑橋の北詰か――」

囲炉裏の榾火《ほたび》をじっと見つめながら、幻十郎は独語するようにつぶやいた。

竜閑橋の北詰から鎌倉河岸にかけての外濠通りは、六ツ（午後六時）を過ぎると、ほとんど人通りが途絶える。下手人がその時刻をねらったとすれば、六ツから六ツ半までの半刻間（一時間）に殺されたことになる。

問題は、広田がなぜそんな時刻に一人で鎌倉河岸を歩いていたか、である。

帰宅の道筋としては正反対の方向だし、仮に職務上の用向きでどこかに向かうところだったとすれば、かならず小者や岡っ引を連れて行くはずである。

「ひょっとすると……」

幻十郎の目がぎらりと光った。

「誰かにおびき出されたのかもしれねえぜ」

「誰か、といいやすと？」

その問いには応えず、

「歌次、それで合点がいったぜ」

幻十郎ははたと膝を打った。

「広田さんが後手後手を踏んでいた理由がな」

「どういうことですかい？」

わけがわからず、きょとんと見返す歌次郎に、

「内通者だ」

ずばり、いい切った。

「広田さんの身近にいる者が〝逃がし屋〟一味と通じていたに違いねえ」

「身近というと、役所の中に……？」

幻十郎は無言でうなずいた。その目は囲炉裏の火を見つめている。見開いた双眸の奥に赤々とゆらめく榾火が、幻十郎の胸中に燃えたぎる瞋恚《しんい》の炎《ほむら》に見えた。

5

二日後の夕方、探索に出ていた歌次郎がもどってきた。手拭いで頬かぶりをし、行商人風に変装している。

「何かわかったか？」

幻十郎が急き込むように声をかけると、歌次郎は頬かぶりをはずして板間に上がり、囲炉裏の前に腰を下ろした。

「旦那、末三って岡っ引を知っておりやすか」

「ああ、よく知っている」

幻十郎が南町に在職していたとき、末三は北町の定町廻り同心・岡野六右衛門《おかのろくえもん》に抱えられていた。昨年の秋、岡野が老齢で退隠したあと、広田栄三郎がゆずり受けたのである。

歳は三十八。三年前に女房を病で亡くし、いまは独り暮らしをしているという。岡っ引としては地味な存在だが、与えられた仕事を黙々とこなす愚直な男であった。

「まさか、あの末三が……」

さすがに驚きを隠せなかった。

「あの日、広田さんは六ツを少し過ぎたころ奉行所を出て、稲荷新道の『さわちや』って小料理屋に立ち寄ったそうで」

これは北町奉行所の喜平という小者から聞いた話である。それを受けて、歌次郎はすぐ『さわちや』に向かい、亭主の松次郎から次のような証言を得た。

「確かに広田さまは一人でお見えになりやしたよ。それからしばらくして、末三親分がやってきやしてね。小声で何事か話し合っていたかと思うと、卓の上に酒代を置いてそそくさと出ていきやした」

稲荷新道の『さわちや』から殺害現場となった竜閑橋の北詰までは、四半刻もかからぬ距離である。末三が〝おびき出し役〟であったことは、疑いの余地がない。

「不審なのはそれだけじゃありやせん。この二日間、末三は根津《ねづ》の料理茶屋に入りびたって酒と女にうつつを抜かしてるそうで」

「そうか。内通者は末三だったか」

幻十郎の目に烈々たる怒りがたぎっている。

「やつはまだ根津にいるのか？」

「へえ。『菊水《きくすい》』って料理茶屋に流連《いつづけ》を決め込んでおりやす」

「よし」

と立ち上がり、刀掛けの大刀を取って腰に落とすと、

「広田さんの仇討ちだ」

吐き捨てるようにいって、幻十郎は出ていった。

根津は、根津権現《ごんげん》の門前町として栄えた町で、下谷《したや》池之端の西北につづき、北は駒《こま》込千駄木《ごめせんだぎ》、西南は本郷《ほんごう》、北東に流れる藍染《あいぞめ》川を越えれば谷中《やなか》である。

根津権現社が建立《こんりゅう》されたのは、宝永《ほうえい》二年（一七〇五）十二月である。祭神は素盞嗚尊《すさのおのみこと》。六代将軍・家宣《いえのぶ》の産土神《うぶすながみ》である。

その後、権現社の惣門《そうもん》内に町屋が開かれ、料亭や水茶屋、料理茶屋などが軒をつらねて門前町としての賑わいを呼ぶようになった。

〈当所遊女屋繁昌に付、岡場第一の遊郭なり〉

と「岡場所遊廓考」にあるように、やがてここにも娼家が現れ、岡場所としての評判も高まっていった。天明のころには惣門内を吉原の仲之町に見立てて、遊女が八文

字で道中したという話も残っている。

末三が入りびたっているという料理茶屋『菊水』は、惣門内の鳥居横丁にあった。二階建て桟瓦葺《さんがわらぶ》き、玄関は唐破風《からはふ》造りで、朱塗りの格子戸になっている。根津一番といわれる高級料理茶屋である。

その二階座敷で、末三はむさぼるように女を抱いていた。媾合《まぐわ》うというより、それはまるでなぶるような激しさだった。

全裸の女の両脚を高々と抱え上げて、膝立ちのまま一物を突き入れたかと思うと、やおら女の体を反転させて四つん這《ば》いにさせ、犬のようにうしろから責め立てたり、

「てやんでえ。おれが悪いんじゃねえや、こん畜生！」

と意味不明の言葉を発しながら、女の乳房に嚙みついたりしている。性欲を満たすというような生やさしい行為ではなかった。単なる虐待《ぎゃくたい》である。広田を裏切ったことへの呵責《かしゃく》の念が、末三をこの異常な行為に駆り立てているのである。

女の白い乳房に血がにじみ、体のあちこちに青い痣《あざ》が浮いている。

「あ、ああ……」

苦悶に身をよじらせながら、女は末三のなすがままになっている。いっとき我慢すれば大金がもらえるので必死に耐えているのだ。

女を仰臥《ぎょうが》させて顔の上にまたがると、末三はいきり立った一物をむりやり女の口

にこじ入れて、腰を上下に動かしはじめた。女の口の中で、怒張した一物が淫靡《いんび》な音を立てて出し入れをくり返す。ほどなく、

「うおーッ」

けだもののような咆哮《ほうこう》を発して、末三は女の口から一物を引き抜いた。

女の顔面に白い泡沫が飛び散る。そのまま末三は夜具の上に仰向けに倒れ、ぐったりと弛緩《しかん》した。女は顔に飛び散った淫汁《いんじゅう》を枕紙《まくらがみ》で拭いながら、白けたような表情でゆらりと立ち上がり、手早く着物を身にまといはじめた。

末三は夜具の上に仰臥したまま、惚《ほう》けたように虚空を見つめている。

「お客さん」

身づくろいをととのえた女が、末三のかたわらに立って、

「揚《あ》げ代をくださいな」

ぬっと手を突き出した。末三はむっくり起き上がり、脱ぎ散らかした衣服の下から胴巻を引っ張り出すと、小判を一枚取り出して、畳の上にポンと放り投げた。

根津の遊女の相場は二朱だから、その八倍を払ったことになる。

女は素早く小判を拾い上げると、逃げるように座敷を飛び出していった。

それを横目に見ながら、末三は気だるそうに立ち上がって衣服を身につけ、胴巻の中をのぞき込んだ。残っているのは鐚銭《びたせん》ばかりである。

「金の切れ目が縁の切れ目か……」

口の中でぼそりとつぶやきながら部屋を出た。

二日二晩、『菊水』に入りびたって酒と女に明け暮れたあげく、七五郎からもらった五両の金をきれいさっぱり遣い果たしてしまったのである。結局、末三の手元に残ったのは三十五、六文の小銭と砂を噛むような虚《むな》しさだけであった。

外は凍《い》てつくような寒さだった。ぶるっと一つ身震いして、末三は足早に鳥居横丁の雑踏を抜け、藍染川の河畔の道に出た。

この川は上流を谷戸《たにと》川とも境《さかい》川ともいい、水源は上駒込《かみこまごめ》の長池《ながいけ》に発している。川幅九尺（約二メートル七十センチ）ほどの細流だが、下水として使われていたために、〈藍染めた川も今ではどぶ鼠《ねずみ》〉と川柳に詠《うた》われているように、どぶ鼠が徘徊《はいかい》するほど水は汚れ、悪臭を放っていた。

河畔の道を下流に半丁ほど行ったときである。

前方の闇に忽然として黒い人影が浮かび立った。

上野池之端方面からこの道をたどって根津に遊びにくる遊冶郎《ゆうやろう》はめずらしくない。末三は別に気にも留めず歩を進めたが、それをはばむように人影が道の真ん中に立ちふさがった。末三は思わず足を止めて、二、三歩後ずさりした。

「末三だな？」

人影が、くぐもった陰気な声で誰何した。異相の浪人——幻十郎だった。

「な、なぜ、あっしの名を……?」

「貴様を迎えにきたのだ」

「迎えに?」

「冥土からな」

「ちょ、ちょっと待っておくんなさい!」

怯《おび》えるように、また数歩後ずさりした。

「あ、あっしにいってえ何の恨みがあって——」

「恨みがあるのは、おれじゃねえ。広田栄三郎だ」

「ひっ!」

悲鳴を上げて逃げ出そうとした瞬間、
しゃっ!

闇に青白い光が流れた。抜く手もみせぬ紫電の逆袈裟《ぎゃくげさ》である。

「ぎゃッ!」

異様な叫びを発して、末三はのけぞった。と同時に、ドサッと音を立てて何かが枯れ草の上に落下した。肩口から斬り落とされた末三の左腕だった。

傷口から血しぶきを撒《ま》き散らし、末三は枯れ草の上を転げ廻っている。

幻十郎はその鼻面に切っ先を突きつけた。

「広田さんを竜閑橋の北詰におびき出したのは、貴様だな」

「か、勘弁しておくんなさい。……つ、つい魔が差しちまって……」

「誰の差し金だ」

「じ、地廻りの……、七五郎です。……十両の金で……、頼まれやした」

あえぎあえぎ末三がいう。

「七五郎の裏で糸を引いてるのは、何者だ?」

「そ、そこまでは、あっしも……、知りやせん」

この期《ご》におよんで白《しら》を切るとは思えなかった。どうやら末三は本当に知らないようだ。肩の傷口から凄い勢いで血が噴き出ている。みるみる末三の顔から血の気が引き、紙のように白くなっていった。

「いまからでも遅くはねえ。あの世に行って広田さんに詫《わ》びを入れるこったな」

いうなり、刀を逆手《さかて》に持ち替え、末三の胸板目がけて垂直に突き立てた。末三の体がぴくんと反《そ》り返った。声も叫びもなかった。切っ先は心ノ臓をつらぬき地面に突き刺さっていた。ほぼ即死である。

刀を引き抜き、血ぶりをして納刀すると、幻十郎はゆっくりと歩を踏み出した。

そのとき、背後でごろっと物音がした。

振り返って見た。
末三の死骸が土手の斜面を転がり、藍染川に転落していった。
ぶくぶくと泡がわき立ち、末三の死骸は身をもむようにして汚泥の底に沈んでいった。
(貴様にはふさわしい末路だぜ)
幻十郎は胸の中でそうつぶやいた。

第四章　駆け落ち

1

この日の午後、『藤乃屋』に仕入れ先の小間物問屋から注文の品々が届いた。

白粉《おしろい》、紅、髪油などの化粧品のほかに、櫛《くし》、簪《かんざし》、笄《こうがい》といった装飾品が十数点、木箱に詰められている。

志乃はさっそくその品々を棚の上に並べ、ついでに店の掃除をはじめた。

半刻（一時間）ほどで掃除は終わり、一服つけようと腰を上げたときである。

「ごめんください」

と女の声がして、腰高障子がからりと引き開けられた。

「あら……」

日本橋駿河町の呉服問屋『近江屋』の内儀・お秀だった。

「お秀さん」

「先日は、大変失礼いたしました」

お秀は丁重に頭を下げると、手代の長吉を戸口に待たせて店の中に入ってきた。

「いいえ、何のお構いもできませんで。……どうぞ、おかけください」

座布団をすすめながら、志乃が、

「今日はどんな御用で？」

と訊ねた。お秀は土間に立ったまま、戸口に立っている長吉にちらりと目をやって、

「お詫《わ》びのしるしといってはなんですけど……、志乃さんをお芝居におさそいしようかと思いましてね」

「お芝居？」

「森田座の演《だ》し物が評判だそうで。もしよろしかったら、ぜひご一緒に」

「これからですか」

「ええ」

「あ、あの、でも——」

志乃の戸惑いを察したかのように、お秀が微笑《わら》っていた。

「主人のことなら心配いりません。志乃さんと一緒ならいいだろうと、許してくれましたから」

「そうですか。じゃ、すぐ支度をしてまいりますので」

志乃は奥の部屋に引き下がり、身支度をととのえて出てきた。

「では、まいりましょう」

店の戸締りをして、二人は表に出た。手代の長吉が黙ってあとについてくる。

三人が京橋木挽《こびき》町に着いたのは、昼八ツ（午後二時）ごろだった。

木挽町は、三十間堀の東河岸に沿って北から南につらなる細長い町屋で、一丁目から七丁目まである。

かつてこの町には、森田座、山村座、河原崎座などが軒を並べ、「芝居町」として殷盛《いんせい》をきわめていたが、山村座は正徳《しょうとく》四年（一七一四）の絵島生島《えじまいくしま》事件で廃絶、河原崎座は一時森田座と合併、のちに森田座の控え櫓《やぐら》としてのみ興行を許されるようになったため、木挽町といえば森田座を指すようになった。

木挽町五丁目から六丁目にかけては、森田座のほかにも浄瑠璃《じょうるり》、狂言《きょうげん》、女義太夫《おんなぎだゆう》、小見世物などの掛け小屋が二十数軒建ち並び、終日人の流れが絶えることはなかった。

三十間堀に架かる木挽橋の東詰にさしかかったとき、お秀がふと足を止めて、背後の長吉を振り返り、

「長吉、おまえはもうお店にもどりなさい」

突き放すような口調でいった。長吉はちょっと困ったような表情をみせたが、

「かしこまりました。では、お気をつけて」

ぺこりと頭を下げ、足早に雑踏の中に消えていった。そのうしろ姿を見送りながら、

「主人が見張りのために付けたんです」

お秀は苦笑していった。

「見張りって……、つまりお目付役？」

「ええ、主人は内心疑ってるんですよ。本当にお志乃さんと一緒なのかどうかって。でも、現にこうしてお志乃さんと一緒にいるんですから、長吉も納得しただろうし、主人も安心すると思います」

「そう。お秀さんも気苦労が多いんですね」

志乃が同情するようにいうと、お秀は、

「いつものことですから」

と気を取り直すように笑い、

「開演までまだ間があります。あのお店でお茶でも飲みましょうか」

志乃をうながして、近くの甘味屋に足を向けた。

店の中には、二人と同じように森田座の次の開演を待つ内儀風の女や、若い娘たちが賑やかに話し合いながら、甘味に舌鼓《したつづみ》を打っていた。

二人は窓際の席に腰を下ろし、小女に鶯餅《うぐいすもち》と茶を注文した。

「おかげで、わたしもひさしぶりにお芝居見物ができます。ありがとうございます」

運ばれてきた茶をすすりながら、志乃がいった。

「………」

お秀は鶯餅にも茶にも手を出さず、黙ってうつむいている。

「どうかしたんですか？」

「お志乃さん」

お秀が顔を上げた。何やら思いつめた表情である。

「ごめんなさいね」

「え？……」

「じつは、わたし、ほかに行くところがあるんです」

「ほかに？……じゃ、お芝居見物というのは……」

「嘘なんです」

「嘘？……でも、いったい、なぜ……？」

「こうでもしなければ、ひとりで外に出ることもできないんです」

消え入りそうな声でいった。志乃もようやく合点がいった。亭主の目をあざむくために、自分をダシに使ったのである。もちろん、お秀に悪意がないことはわかっている。

何かよほど切迫した事情があるに違いなかった。

「よかったら、くわしい事情を話してもらえませんか」

お秀の顔にためらいが浮かんでいる。

「………」

数瞬の沈黙が流れたあと、少女のように顔を赤らめながら、お秀がぽつりといった。

「好きな人ができたんです」

「………！」

意外な、というより驚くべき告白だった。返す言葉もなく、志乃はお秀を見つめた。

その視線を避けるように、お秀はまたうつむいてしまった。

「そう」

志乃の口からため息のような声が洩れた。

「その人に会うために方便を使ったんですね」

「ごめんなさい。本当にごめんなさい」

お秀は卓に両手を突いて何度も頭を下げ、哀訴するようにいった。

「でも、……でも、こうするしか方策がなかったんです」

「お秀さん」

と志乃が笑みを浮かべて、

「わたしのことなら、気になさらないで」

「…………」

「もし何かあったら、口裏を合わせておきますよ」

「お志乃さんにはご迷惑ばかりおかけして」

声をつまらせてそういうと、お秀は髪に差していた簪を引き抜いて卓の上に置いた。

「何のお礼もできませんが、せめてこれを――」

「そんな……、いいんですよ、お礼なんて」

「いいえ、受け取っていただかなければ、わたしの気が済みません」

お秀は手を振った。そして卓に茶代を置くなり、逃げるように店を出ていった。

「お秀さん」

あわてて追おうとしたが、もうお秀の姿は通りの人混みの中に消えていた。

志乃は悄然と席にもどり、卓の上の簪を手に取ってみた。それは半年ほど前に志乃の店で買い入れた高価な翡翠玉《ひすいだま》の銀簪だった。簪の代金を払うとき、

「これは主人に内緒で貯めたお金なんです」

と、お秀は照れるようにいい、大事そうに髪に差して帰っていった。日々の生活費の中からこつこつと貯めた金で買ったその簪は、身ひとつで『近江屋』に嫁いできたお秀にとって、たった一つの財産だったに違いない。

（こんな大事なものを……）

志乃は複雑な思いで簪を見つめた。


木挽町の芝居小屋の周辺には、みやげ物屋や番付屋、役者絵を売る絵草子屋、蕎麦《そば》屋、寿司屋、芝居茶屋などが蝟集《いしゅう》している。

芝居茶屋というのは、芝居の見物客に各種の便宜を供する施設で、観劇中の客に弁当を出したり、幕間《まくあい》には休憩所として座敷を提供したり、また観劇後の宴席としても利用された。茶屋の主人には芝居一座の帳元や奥役の兼業が多く、森田座には七軒の大茶屋が付属し、そのほかに小茶屋が十軒、裏茶屋が五軒ほどあった。

裏茶屋とは、芝居小屋の裏手の楽屋新道《がくやしんみち》に建ち並ぶ、やや格の低い芝居茶屋のことで、芝居帰りの男たちの隠れ遊びの場となったり、男女の密会の場として使われることもあった。お秀が向かった先も、その一軒だった。

楽屋新道の北はずれにある『さるや』という裏茶屋である。

仲居の案内で二階座敷に入ると、酒肴の膳部の前で男が物静かに盃をかたむけていた。歳のころは二十六、七。色白で眉目秀麗《びもくしゅうれい》、錦絵《にしきえ》から抜け出してきたような男前である。

『近江屋』に出入りしている仕立て屋の礼次郎《れいじろう》だった。

「おかみさん」

「ごめんなさい。遅くなって」

お秀は娘のようにはにかみながら、膳の前に腰を下ろした。

「旦那に気づかれやしなかったでしょうね」

礼次郎が心配そうにいった。

「心配いりませんよ。女同士で芝居見物にきたことになってますから」

「食事、まだでしょう。どうぞ召し上がってください」

すすめられても、箸を取る気がしなかった。

「どうぞ」

と酌をする。礼次郎は無言で受けて一気に呑み干すと、真剣な目でお秀を見た。

「おかみさん、わたしは肚《はら》を決めましたよ」

「え」

「おかみさんと一緒になります」

「礼次郎さん」

内心、お秀はその言葉を待っていたのである。涙が出るほどうれしかった。だが、心の底から喜べなかった。現実には無理な話である。お秀には宗兵衛という夫がいる。宗兵衛との縁が切れないかぎり、生涯、自由の身にはなれないのだ。

「わたしは一時《いっとき》たりとも、おかみさんと離れたくないんです。お願いです。わたしと一緒になってください」

礼次郎が熱っぽい目で訴える。

「そういってくれるのは、うれしいんですけど……、でも」

「わかっています。旦那はああいう人だから、おかみさんを手放しはしないでしょう」

「………」

「それはよくわかっています。わかっているからこそ、わたしは肚を決めたんです。何もかも捨てて、おかみさんと江戸を出ようと」

「江戸を出る？」

つまり駆け落ちである。宗兵衛の束縛から逃れて礼次郎と一緒になるには、それしか道はないだろうとお秀も思った。だが、同時にそれは危険な賭けでもあった。

不義密通《みっつう》は天下の大罪である。

寛保《かんぽう》二年（一七四二）に制定された『御定書百箇条《おさだめがき》』には、

「密通した妻、男は共に死罪。主人の妻に通じた男は獄門、女は死罪。夫ある女に強《し》いて不義を働いた者は死罪」

と明記されている。この法は明治憲法においても姦通罪《かんつうざい》として継承され、一般市民のあいだでも、浮気におよんだ妻の「寝髪《ねがみ》を押さえる」とか、密夫《みっぷ》とともに「重ねておいて四つに斬る」という言葉が当たり前のように使われていた。

不義密通とは、かくも重大な罪なのである。

二人の駆け落ちを知ったら、亭主の宗兵衛が黙ってはいないだろう。

すぐさま町奉行所に訴え出るか、あるいは金にあかして人手をかき集め、江戸じゅうに追手を放つに違いない。

いずれにせよ、無事に江戸を出られるという保証は何もないのだ。

「心配にはおよびませんよ」

お秀の不安を見すかしたように、礼次郎がいった。

「〝逃がし屋〟に頼めば、何とかなるはずです」

「逃がし屋？」

「わけあり者を江戸から逃がしてくれる裏稼業です。深川や浅草の盛り場に差配師がいると聞きました。わたしがその男を捜し出して頼んでみますよ」

「でも、お金がかかるんでしょ？」

「これまでに貯め込んだ金が十五両ほどあります。一人五両として二人で十両。残りの五両を路銀にあてれば、おかみさんと二人で楽しい旅ができるはずです」

「なんだか、夢のような話だわ」

遠くを見るような目つきで、お秀がつぶやいた。

「おかみさん」

ふいに礼次郎がお秀の体を引き寄せた。

「これは夢じゃない。おかみさんさえその気になれば、すぐにでも叶《かな》うことなんですよ」

「礼次郎さん」

お秀が狂おしげに礼次郎の胸にしなだれかかった。抱き合ったまま二人は折り重なるように畳の上に倒れ込み、むさぼるように口を吸い合った。

2

道中奉行・龍造寺長門守の依頼を受けてから、黒木弥十郎は仲間の浪人たちと手分けして、連日聞き込みに歩いていた。

江戸に潜伏している出石藩の国侍を捜し出すためである。

本所・深川界隈《かいわい》は貸家や長屋が多いので、まず手はじめに深川から当たってみようと、南の大島町や黒江《くろえ》町、相川《あいかわ》町、佐賀《さが》町などを隈《くま》なく歩き廻り、この日は仙台堀に面した永堀《ながほり》町、今川《いまがわ》町あたりまで足を延ばした。

西の空が夕焼けに染まっている。地面に長い影を落として、黒木と二人の浪人者は

海辺橋に向かっていた。橋を渡りかけたところで先を行く浪人の一人が、

「黒木さん、あの番屋で聞いてみるか」

とあごをしゃくって、橋の北詰にある自身番屋に目をやった。

「うむ」

三人は足早に海辺橋を渡り、自身番屋の前で足を止めた。番屋の土間で初老の番太郎が火鉢にあたりながら、所在なげに茶をすすっている。

「少々、ものを訊ねるが……」

黒木が声をかけると、番太郎はびっくりしたように立ち上がった。

「へ、へい。何か？」

「このあたりの貸家か長屋に、半月ほど前から住みついた侍はいないか？」

「お侍さま、ですか？」

「但馬出石藩の国侍だ」

「さて……」

と番太郎は小首をかしげた。

そのとき、番屋の前を通りかかった若い女が、黒木と番太郎のやりとりを耳にして、急に足を早めて去っていったことに、黒木たちは気づいていなかった。

女は、お袖だった。笠原慎吾が怪我を負ったときに着ていた着物を洗い張りに出し、

裂けた部分をつくろい直して慎吾の長屋に届けるところだったのである。

「慎吾さま」

長屋の障子戸を引き開けて中に入ると、奥から慎吾が出てきた。肩の怪我は治ったらしく、腕を吊った白木綿の晒ははずしている。

「お着物を直してまいりました」

「おう、済まん。造作をかけたな」

「怪我の具合はいかがですか？」

「ああ、傷口もふさがったし、痛みもだいぶ取れた。この通り腕も動く」

と笑って右腕を振ってみせながら、

「茶でも淹《い》れよう。上がりなさい」

「あ、あの……」

お袖はためらっている。

「どうした？　何かあったのか」

お袖が三人の浪人者のことを話すと、慎吾は急に顔を曇らせて、

「ここまで手が廻ったか」

と低くつぶやくなり、奥の部屋にとって返して、小さな風呂敷包みを抱えてあわただしく出てきた。

「わたしはしばらくこの長屋を離れることにする」

「離れる？……どういうことなんですか」

「とにかくここを出よう。くわしい事情は歩きながら話す」

お袖をうながして外に出ると、二人は裏路地を抜けて、広い道に出た。この道は真っ直ぐ北に延びて本所につながっている。

「お袖さんに詫びなければならんな」

歩きながら、慎吾がいった。

「何のことですか？」

お袖はけげんそうに慎吾の顔を見た。

「仕官のために江戸に出てきたといったが……、あれは方便だったのだ」

そういって、慎吾は出石藩の内情や江戸に出てきたいきさつを語った。武家社会とはまったく無縁のお袖にとって、慎吾の話は文字どおり別世界のできごとだった。

「では、さっきのご浪人は……？」

慎吾の話を聞き終えて、お袖が不安な表情で訊き返した。

「左京派が雇った刺客かもしれぬ」

「刺客！」

「先日、わたしの同志も浪人者に殺された」

早川数馬のことである。お袖が見たという三人の浪人者も、その一味に違いないと慎吾は思った。お袖は驚愕《きょうがく》のあまり言葉を失っている。

しばらく無言の行歩がつづいた。

「――で」

小名木《おなぎ》川に架かる高橋《たかばし》を渡ったところで、お袖がようやく口を開いた。

「これから、どうなさるおつもりなんですか」

「二、三日、同志の家に身を寄せるつもりだ。先のことは同志と相談して決める」

「もう、あの長屋にはもどらないんですね」

お袖が悲しそうな目で訊いた。それには応えず、

「お袖さん、ここで別れよう」

慎吾がいった。お袖は無言で見返した。黒い大きな眸《め》が涙でうるんでいる。

「落ち着き先が決まったら、かならず連絡する」

「…………」

お袖はいまにも泣きだしそうな顔で唇を震わせている。

「わたしを信じてくれ」

「はい」

小さくうなずき、お袖は持っていた着物の包みを差し出した。それを受け取ると、

「じゃ」

慎吾は、お袖の視線を振り切るように背を返して、足早に夕闇の奥に去っていった。

見送るお袖の目から、ほろりと涙がこぼれ落ちた。


常盤町の長屋路地に、黒木弥十郎と二人の浪人者が姿を現したのは、慎吾とお袖が長屋を出て四半刻ほどたったときだった。

「ここだ」

黒木が慎吾の家の前で足を止めた。

「よし」

と浪人の一人が刀の柄に手をかけて中に飛び込んでいったが、すぐに走り出てきて、

「もぬけの殻《から》だぞ」

といった。

「まさか、勘づかれたのでは……」

別の一人がいいさしたとき、長屋路地の奥から手桶《ておけ》を抱えた長屋の住人らしき老婆がやってきた。黒木が歩み寄ってその老婆に声をかけた。

「訊ねたいことがある」

「はい？」

老婆が立ち止まって、三人を見た。

「この長屋に笠原慎吾という侍が住んでいると聞いたが」

「ええ、おりますよ」

三人を怪しむ風もなく、老婆は気さくに応えた。

「先ほど、お袖さんと一緒に出て行きましたけど……」

路地奥の井戸端で洗い物をしていた老婆は、慎吾とお袖があわただしく長屋を出て行くのを見ていたのである。

「お袖？　というと――」

「この長屋の大家さんの娘さんですよ」

「大家の娘か」

黒木の目がぎらりと光った。老婆は家の中が気になるらしく、

「じきにもどってくると思いますがね」

と独りごちながら、ひょこひょこと長屋の中に消えていった。

「とうとう、おぬしの身にも刺客の手が迫ったか」

厳しい表情で、酒勾《さこう》清兵衛がつぶやいた。その前に笠原慎吾が端座している。

本所相生町の貸家の居間である。

「どこでどう嗅ぎつけてきたものか、危うくわたしも数馬の二の舞を踏むところでした」

慎吾は眉宇を寄せていった。

「敵はよほど手広く網を張っているようだな」

「油断はなりませぬ。酒匂さまも、そろそろこの家を立ち退かれたほうが」

「うむ」

とうなずいたものの、清兵衛の顔には苦渋の色が浮かんでいる。

「しかし、すぐにというわけにはまいらぬ。三人の同志が到着するまで、もうしばらくここで待たなければ……。それより、慎吾」

「はい」

「どうせ江戸暮らしもそう長くはないのだ。長屋住まいをやめて、旅籠《はたご》に泊まったらどうだ？」

「それは妙案ですね。さっそく今夜から旅籠に泊まることにいたします」

「金はあるのか？」

「はい。先日いただいた分が、まだ十分」

「河野にも伝えておいてくれ。くれぐれも用心しろとな」

「はい。では、わたしはこれにて……」

と腰を上げようとすると、清兵衛が鋭い目で、

「待て」

と小声で制した。

「どうかしましたか？」

「しっ」

口に指を当てると、清兵衛はやおら刀を持って立ち上がり、濡れ縁に面した障子をがらりと引き開けた。その瞬間、庭の奥の暗がりを影がよぎった。野良猫だった。

「猫か……」

ほっとしたように清兵衛は障子を閉めて部屋にもどった。

と、そのとき……、
濡れ縁のわきの闇がかすかに動き、音もなく黒い影がわき立った。黒布の頰かぶりに黒の筒袖、黒の股《もも》引《ひ》きといういでたちの鬼八である。清兵衛の動きを探るために半刻ほど前から、庭の暗がりに身をひそめて中の様子をうかがっていたのだ。

ひらりと身をひるがえして表に出ると、鬼八はその足で日本橋牡蠣殻町の『風月庵』に向かった。

「――三人か」

鬼八の報告を受けて、幻十郎がぽつりとつぶやいた。江戸に潜伏している出石藩主

計派の藩士の数である。鬼八はすでに三人の名前も調べ上げていた。

「来月早々には、国元からさらに三人の助っ人がくるそうで」

「そうか。いよいよキナ臭くなってきたな」

「それにしても……」

鬼八が不精ひげの生えたあごをぞろりと撫でていった。

「連中はいったい何を企んでるんですかね」

「おれもいろいろと考えてみたんだがな、ようやくその答えが見えてきたぜ」

「へえ？」

「左京父子《おやこ》の暗殺だ」

ずばりといった。

「暗殺！」

鬼八が目を剝いた。

「左京父子を亡き者にすれば、出石藩の実権は主計派の手に落ちる。酒勾清兵衛たちのねらいはそれしかねえだろう」

むろん左京派もそうした動きは知っているはずである。それで市中の浪人どもを雇い入れ、先手を打とうとしているに違いない、と幻十郎はいった。

「お家騒動というより、まるで戦《いくさ》ですね」

鬼八が苦笑を浮かべていったが、幻十郎は聞き流すようにふらりと立ち上がり、

「一杯、やるか？」

と訊いた。

「歌次はいねえんですかい？」

「探索に出ている」

「じゃ、あっしが支度を——」

「いや、おめえはそこに座っててくれ」

と制して、幻十郎は台所から貧乏徳利を持ってきて、二つの茶碗になみなみと酒を注いで差し出した。

「ところで」

茶碗酒をうまそうに呑みながら、鬼八が思い出したように、

「〝逃がし屋〟のほうはどうなってるんで？」

「正直いって、いまのところ手づまりだ」

「七五郎の行方もまだわからねえんですかい？」

「歌次が手をつくして捜してるんだが……」

苦い顔で幻十郎はかぶりを振った。歌次郎の話によると、卯之助が広田栄三郎に捕縛されてから、七五郎は橋本町にもまったく姿を現さなくなったという。

「あっしも心がけておきやしょう」

といって、鬼八は茶碗に残った酒を呑み干した。

3

——一か八か、賭けてみよう。

この四日間、散々思いあぐねた末に、お秀はそう決心した。

礼次郎との駆け落ちである。万一途中で捕まれば極刑に処せられる。それも覚悟の上での決意だった。どうせいまの自分は生きる屍《しかばね》も同然だった。

愛情のかけらもなく、ただ宗兵衛の肉欲の道具として束縛される日々。お秀にとっては生きながら地獄にいるようなものだった。

実家の両親《ふたおや》は二年前に相次いで病死している。失うものは、もう何もない。駆け落ちに失敗して死罪になろうとも、礼次郎とあの世の道行ができるなら本望だと思った。

——とにかく、礼次郎さんと一緒に江戸を出よう。

江戸を出てどこか静かな場所に腰を落ちつけ、礼次郎と二人で一からやり直せば、きっとその先に薔薇《ばら》色の未来が開けるはずだ。そんな甘い夢がお秀の心をかきたてていた。

ゴォーン、ゴォーン、ゴォーン。

石町の六ツの鐘が鳴りはじめた。お秀は我に返って立ち上がった。

(四日待ってください。それまでにかならず段取りをつけておきます)

木挽町の裏茶屋『さるや』を出たあと、別れしなに礼次郎はそういった。

今日がその四日目である。

さいわい宗兵衛は呉服問屋仲間の寄り合いに出かけて留守だった。

(おかみさんは身ひとつで『近江屋』を出てくればいいんです)

礼次郎はそうもいったが、もとよりお秀には守るべきものは何ひとつない。宗兵衛の目を盗んで貯めた三両の金だけが全財産だった。その三両の金子を帯のあいだにはさみ込むと、お秀はそっと部屋を抜け出して勝手口に向かった。

「おかみさん」

勝手口に出たところで、ふいに背後から声がかかった。ハッとなって振り向くと、小廊下の角に女中のお光《みつ》が立っていた。

「お出かけですか?」

「あ、ちょっと……、近所の紅屋さんへ……」

「お買い物でしたら、わたしが行ってまいります」

「ううん、自分で品物を見ないとわからないから……。すぐもどってきますよ」

いいおいて、お秀は心急《せ》くように勝手口を出て行った。

表はもう濃い夕闇に領されていた。

路地に散った枯れ葉が、かさかさと乾いた音を立てて風に舞っている。

お秀はふところから手拭いを取り出して、手早く姐《あね》さんかぶりにすると、着物の裾をからげて路地を走り抜け、室町《むろまち》通りに出た。

日本橋の北詰を左に曲がり、日本橋川に沿って東にしばらく行くと、日本橋川と伊勢堀が合流するところに橋が架かっている。荒布《あらめ》橋である。

橋の近くの船着場の桟橋に一艘《そう》の伝馬船《てんません》がもやっていた。

お秀が船着場の石段を下りてゆくと、船の艫《とも》に座っていた菅笠《すげがさ》の男が立ち上がって、

「おかみさん」

と低く声をかけてきた。礼次郎だった。礼次郎の顔を見て感きわまったのか、お秀は言葉もなく桟橋に立ちつくしている。

「よく決心してくださいました。さ」

手を差し伸べてお秀を船に乗せると、礼次郎は力強く櫓《ろ》を漕《こ》ぎはじめた。

伝馬船は静かに桟橋を離れ、日本橋川をすべるように東へ下って行った。

二人が乗った伝馬船は、鎧《よろい》の渡しを経由して下流の箱崎《はこざき》橋をくぐり大川の河口に出、そこからさらに大川を遡行《そこう》して新大橋《しんおおはし》、両国橋、吾妻《あづま》橋と北上した。

やがて右前方に隅田堤が見えた。川岸の闇に芥子粒《けしつぶ》ほどの小さな灯《ひ》がゆらいでいる。その灯を目ざして、礼次郎は伝馬船を川岸に漕ぎ寄せた。そこは西岸の浅草と東岸の向島《むこうじま》をむすぶ「橋場の渡し」の船着場だった。

礼次郎が船を桟橋につけると、

「待ってたぜ」

と声がして、船着場の石段の上に立っていた男がぶら提灯《ぢょうちん》を下げて桟橋に下りてきた。地廻りの七五郎である。船上から見えた小さな灯は、七五郎が持っている提灯の明かりだったのだ。「おかみさん」と礼次郎が背後のお秀を振り返り、

「わたしたちの面倒を見てくださる七五郎さんです」

といった。お秀は七五郎に向き直って丁重に頭を下げた。

「はじめまして。お秀と申します。よろしくお願いいたします」

「ここまでくれば、もう安心だ」

七五郎はにやりと笑い、

「あっしのあとについてきておくんなさい」

といって、土手道を登りはじめた。礼次郎とお秀は無言でそのあとについた。

『肥後屋』の寮は、渡し場からほど近い雑木林の中にあった。

「さ、入んな」

七五郎にうながされて二人は中に入った。廊下の奥にほの暗い明かりがにじんでいる。七五郎はその部屋に二人を案内した。行燈《あんどん》と火鉢がぽつんと置いてあるだけで、家具調度は何もない殺風景な六畳間である。

「ここがおめえさんたちの寝泊まりする部屋だ。布団は押し入れに入っている」

「で、いつまでここに……？」

礼次郎が訊いた。

「そうさな、往来切手が手に入るまで三日ぐらいはかかるだろう」

「三日ですか」

「台所の米櫃《こめびつ》にはたっぷり米が入ってるし、味噌《みそ》、醤油《しょうゆ》、野菜やぬか漬、それに魚の干物《ひもの》もある。食うには困らねえさ」

「お心遣い、ありがとう存じます」

「人目につくとまずいからな。ここから一歩も出るんじゃねえぜ」

「それはもう重々……」

「じゃ、またくるぜ」

いいおいて、七五郎は出て行った。

「あと三日か――」

礼次郎がぽつりとつぶやいた。

「あと三日辛抱《しんぼう》すれば、江戸を出られるんですよ、おかみさん」

「礼次郎さん」

お秀は思わず礼次郎の胸に飛び込んだ。

「本当に……、本当に夢が叶ったんですね」

「これでおかみさんは自由の身になったんです。もう誰にもしばられることはない。一生わたしのそばにいてください」

「ありがとう。礼次郎さん」

お秀の目から滂沱《ぼうだ》の涙がこぼれ落ちた。

『肥後屋』の寮を出た七五郎は、ふたたび隅田堤の渡し場にもどり、礼次郎が乗ってきた伝馬船に乗り込むと、もやい綱をほどいて船を下流に漕ぎだした。

大川を下ること、およそ四半刻。伝馬船は深川佐賀町の船着場に着いた。

船を下りた七五郎は、門前仲町の料理茶屋『浜よし』に向かった。表通りを避けて裏路地に廻り、『浜よし』の裏口から中に入ると、年増の仲居が迎え出て、

「お見えになっておりますよ。どうぞ」

と七五郎を二階座敷に案内した。

「ただいまもどりやした」

襖《ふすま》を引き開けて中に入ると、『肥後屋』のあるじ・茂左衛門と道中奉行の龍造寺長

門守が酒を酌み交わしていた。

「やあ、七五郎さん、ご苦労でした。ささ、どうぞ」

茂左衛門にうながされて、酒席に腰を下ろす七五郎を、龍造寺がじろりと一瞥《いちべつ》して、

「今回の〝鴨《かも》〟は何者なのだ？」

と訊いた。

「それが……、〝鴨〟といえるほどの上客じゃ……」

「金にならんのか」

「へえ。二人合わせて、たったの十両にしかなりやせん」

面目なさそうに七五郎は頭に手をやった。それを受けて茂左衛門が、

「駆け落ち者だそうでございますよ」

「駆け落ち者？」

「日本橋の呉服問屋『近江屋』の内儀と仕立て屋の礼次郎という男だそうです」

「ほう。『近江屋』の内儀か」

「龍造寺さま、ご存じなんで？」

「ああ、『近江屋』は大奥御用達《ごようたし》の呉服問屋だ。勘定方の役人のあいだでも噂《うわさ》になっておる」

「噂、と申しますと？」

「お秀と申す内儀、とびきりの美形だとな」

「さようでございますか。それは手前も初耳で……」

「龍造寺さまのおっしゃるとおり、仕立て屋なんかと駆け落ちさせるにはもったいねえほど、いい女でござんしたよ」

七五郎がそういうと、龍造寺は好色そうな笑みを浮かべて、

「ふふふ、話の種にお秀とやらの花の容貌《かんばせ》、一度拝んでみたいものだな」

「拝むだけでよろしいんで？」

茂左衛門が意味ありげな目つきで訊き返した。いわずもがなの問いかけである。

「そちも無粋《ぶすい》な男よのう」

龍造寺は口の中でふくみ笑いを洩らした。

「そこまでわしにいわせるつもりか」

「あ、これはご無礼を……」

慇懃《いんぎん》に頭を下げると、茂左衛門はかたわらの七五郎にちらりと目くばせした。

無言の下知である。

七五郎はこくりとうなずき、杯の酒を呑み干しておもむろに腰を上げた。

4

行燈のほの暗い明かりの中で、お秀と礼次郎は向かい合って夕飯を食べていた。

『肥後屋』の寮の六畳間である。

箱膳の上には、炊き立ての飯に味噌汁、干魚の焼き物、大根の煮付け、ぬか漬がのっている。台所にあった食材でお秀が作った手料理である。

「こんなところで、おかみさんの手料理が食べられるとは夢にも思いませんでしたよ」

箸を運びながら、礼次郎がしみじみといった。

「手料理といっても、あり合わせで作ったものですから。お味はいかがですか」

「本当にひさしぶりですよ。こんなにおいしい食事をいただくのは」

「そう」

お秀がうれしそうに微笑《わら》った。まるで新妻のように初々《ういうい》しい笑顔である。

食事を終えて、お秀が後片付けをはじめたとき、玄関の戸が開く音がした。

「あら、誰かきたようだわ」

お秀の顔に緊張が奔《はし》った。

「七五郎さんかもしれません。わたしが見てきます」

礼次郎が立ち上がって出ていった。玄関の暗がりに人影がうっそりと立っている。

「どちらさまでしょう?」

「あっしですよ」

七五郎だった。

「あ、七五郎さん。……何か?」

「おめえさんには、ちょいとはずしてもらいてえんだが」

「はずす?……どういうことでしょうか」

「こういうことよ」

いいざま、礼次郎の鳩尾《みぞおち》に当て身を食らわせた。

「うっ」

と小さくうめいて、礼次郎は崩れるように廊下に倒れ伏した。

七五郎はふところから細引《ほそびき》を取り出すと、礼次郎の両腕を背中に廻して素早くしばり上げ、玄関のわきの小部屋に引きずり込んだ。

「礼次郎さん」

奥から心配そうにお秀が出てきた。その前に七五郎が立ちふさがった。アッとなって思わず後ずさりしたお秀に、七五郎が躍りかかった。

「な、何をするんです!」

「騒ぐんじゃねえ！」

お秀の腕を取るなり、七五郎はふところから引き出した手拭いでお秀の口に猿ぐつわを噛ませ、手早く両手首を細引でしばり上げると、必死に身をもがくお秀を軽々と肩に担ぎ上げて、奥の六畳間に転がした。

「う、ううう……」

両手をうしろ手にしばられ、芋虫《いもむし》のように身をよじらせるお秀を、七五郎は冷ややかな目で見下ろしながら、

「龍造寺さま、支度がととのいやした。どうぞお上がりになっておくんなさい」

と玄関に声をかけた。その声を受けて廊下にずかずかと足音がひびき、山岡頭巾で面を隠した龍造寺長門守が傲然《ごうぜん》と入ってきた。

「ご苦労だった」

「では、ごゆっくり」

にやりと嗤《わら》って、七五郎は出ていった。

龍造寺は行燈を引き寄せて、お秀のかたわらに片膝をつき、まじまじとお秀の顔をのぞき込んだ。

「なるほど、噂どおりの美形だ」

山岡頭巾の奥の目がぎらぎらと光っている。猿ぐつわを噛まされ、苦悶の表情を浮

かべるお秀の顔が、行燈の明かりに照らされて妙に艶《なま》めかしく映る。

龍造寺はいきなり両手を伸ばして、お秀の着物の襟元《えりもと》をぐいと広げた。

白い豊かな乳房が惜しげもなく行燈の灯にさらされた。

「ふふふ、これはたまらんのう」

山岡頭巾をはずしてお秀の上にのしかかると、片手で乳房をもみしだきながら、もう一方の乳房を口にふくんだ。猿ぐつわの下からお秀のうめき声が洩れる。

ねっとりと唾液《だえき》をふくんだ龍造寺の唇が、なめくじのように乳首のまわりを這《は》い廻る。お秀が身をくねらせるたびに、大きく胸を開かれた着物が肩からずれ落ち、上半身はほとんど剝き出しになっていた。

龍造寺の手がもどかしげに帯を解く。着物の下前がはらりとはだけ、むっちりと肉づきのよい太股があらわになった。目にしみるような白い肌である。

「おまえも運のない女だ。とんだ道行《みちゆき》になってしまったな」

いいながら、龍造寺は長襦袢《ながじゅばん》のしごきを解き、さらに二布《ふたの》（腰巻）の紐《ひも》もほどいた。

行燈の明かりに、お秀の裸身が白く浮き立つ。犯しがたいほど美しい裸身である。

龍造寺の右手が乳房から下腹へと伸びてゆく。

白磁のように艶やかな肌触りである。その感触を楽しむように、腹部から股間のはざまへとゆっくり撫で下ろしてゆく。

龍造寺の太い指がはざまの茂みをかき分けて、切れ込みに侵入していった。お秀の体がびくんと動いた。指先が秘孔に入ったのだ。

お秀の体が弓のようにそり返った。

執拗に秘所を愛撫したあと、龍造寺はむっくり体を起こして、手早く着物を脱ぎはじめた。肩から胸にかけて熊のように剛毛が密生している。

下帯もはずした。怒張した一物が蛇のように鎌首をもたげている。

お秀の両足を抱え上げて肩にかけると、龍造寺はおのれの一物を指でつまんで、尖端を壺口にあてがい、切れ込みに沿って上下にこすりつけた。

お秀は固く目を閉ざして羞恥《しゅうち》に耐えている。

「力を抜くのだ」

叱りつけるようにそういうと、龍造寺は怒張した肉根を一気に秘所に突き入れた。

（ひっ）

猿ぐつわを噛まされたお秀の口から、声にならぬ悲鳴が洩れた。

龍造寺が激しく腰を振る。お秀の肌にさざ波が立つ。

下腹を接合させたまま、龍造寺はお秀の上体を抱え起こして膝の上に乗せた。

正面から抱き合う形になった。といっても、お秀は両手をうしろでしばられているので抱いているのは龍造寺のほうである。両手でお秀の尻を抱え、腰を上下に律動させた。俗にいう座位である。お秀の乳房がゆさゆさと揺れる。下腹から激烈な快感が突き上げてくる。限界だった。

「は、果てる！」

叫ぶなり、龍造寺はあわててお秀の体を押し倒し、一物を引き抜いた。畳の上に白濁した淫液が飛び散った。

東の空がしらしらと明けそめ、どこからか、鶏《にわとり》の鳴き声が聞こえてくる。静謐《せいひつ》な冬の夜明けである。

鏡のように凪《な》いだ大川の川面に、白波の尾を引きながら、南をさしてゆっくり下ってゆく一艘の釣り舟があった。時刻は六ツ（午前六時）を少し過ぎたころであろう。ほかに行き交う船影もなく、釣り舟の櫓音だけがやけに大きくひびいてくる。

艫で櫓を漕いでいるのは、久兵衛《きゅうべえ》という初老の船頭である。吾妻橋の東詰の船着場で、三人の釣客を乗せて、大川河口の佃島《つくだじま》に向かうところであった。

釣り舟が本所御竹蔵《おたけぐら》のあたりにさしかかったときである。久兵衛はふと櫓を漕ぐ手を止めて、けげんそうに東岸に目を向けた。そこは俗に「百本杭《ひゃっぽんぐい》」と呼ばれる大川端である。護岸用の杭が百本ほど林立しているところからその俗称がついた。

「どうしたい？　船頭さん」

釣り客の一人が声をかけた。

「へえ。百本杭に何か妙なものが浮いているんで」

「妙なもの？」

三人の客が船縁《ふなべり》に身を乗り出して、久兵衛の指さすほうに目をやった。

杭と杭のあいだに、何やら黒い藻《も》のようなものが浮遊している。

「何だい？　ありゃ」

「船頭さん、もっと舟を近づけてごらんよ」

「へえ」

久兵衛は櫓をあやつって、舟の舳先《へさき》を百本杭に向けた。三人の釣り客は船縁に身を乗り出したまま、目を皿にして見ている。突然、その一人が、

「し、死人《しびと》だ！」

驚声を発した。黒い藻のように見えたのは、女の黒髪だった。そのすぐ横に男の死体が浮かんでいる。

久兵衛の通報を受けて、本所横網《よこあみ》町の自身番屋の番太郎と町役人《ちょうやくにん》たちが二人の死体を引き揚げ、戸板にのせて番屋に運んだ。

それから間もなく、北町奉行所の検死与力と定町廻り同心が駆けつけてきて死体

検《あらた》めが行われた。二つの死体は衣服をきちんと身に着けており、目立った外傷はなかった。

検死与力は、二人の死体を一目見るなり、即座に「心中」と断定した。

男の右足首と女の左足首が細引でしっかりむすばれていた上、男女とも着物のたもとに拳大《こぶしだい》の石ころを数個詰め込まれていたからである。覚悟の身投げであることは、誰の目にも明らかだった。二人の身元もすぐにわかった。

男は仕立て屋の礼次郎、女は『近江屋』の内儀・お秀だった。

「『近江屋』の内儀が心中したんだってよ」

「えっ、本当かい！」

「心中の相手は誰なんだい？」

「『近江屋』に出入りしていた礼次郎って仕立て屋だそうだ」

「へえ。仕立て屋と『近江屋』の内儀がねえ」

お秀と礼次郎の心中事件は、たちまち江戸じゅうの噂となり、時を置かずして志乃の耳にも入った。話を聞いた瞬間、志乃は殴られたような衝撃を覚えた。

（まさか！）

信じられなかった。いや信じたくなかった。お秀に会ったのは、つい四日前である。あまりにも突然のできごとで、信じろというほうが無理だった。

「好きな人ができたんです」

そういって、少女のように頰を赤らめたお秀の顔が、鮮明に脳裏に焼きついている。

志乃と別れたあと、お秀はその「好きな人」に会いにいったに違いない。

その相手が礼次郎だったのだろう。

志乃はふと思い出したように帳箱の小抽出しを引いて、中から簪を取り出した。

お秀がくれた翡翠玉の銀簪である。それがお秀の形見になってしまうとは……。胸を締めつけられるような思いで簪を見つめていると、手元にふっと影がさした。

顔を上げて見た。いつの間にか店の土間に幻十郎が立っていた。

「旦那……」

「聞いたぜ」

ぽつりといって、幻十郎は上がり框に腰を下ろした。

「あの噂、本当なんですか」

志乃がすくい上げるような目で訊いた。まだ半信半疑なのだ。

「残念ながら……、本当だ」

「わたし、四日前にお秀さんに会ったばかりなんです」

悲痛な表情で、志乃がいった。

「そのとき、変わった様子はなかったのか」

「好きな人がいるって。……わたしと別れたあと、たぶん、その人に会いに行ったのでしょう。どことなくそわそわしてましたから」

「その男が礼次郎だったというわけか」

「と思います」

「そのときに二人のあいだで心中立ての話が出たのかもしれんな」

「でも、旦那」

釈然とせぬ面持ちで志乃は首を振った。

「同じ女として思うんですけど、死ぬぐらいの覚悟があるなら、なぜ二人で逃げようとしなかったのかしら？」

「ふむ」

「わたしだったら、……いえ、女ってみんなそうだと思うんですけど……、好きな人ができたら、むしろ命がけでその人と添い遂げようと思うはずです」

「…………」

「それに心中なんて、いまどき流行《はや》りませんよ」

志乃の声には、やり場のない怒りと悲しみがこもっている。

ちなみにいえば、心中が流行したのは十八世紀ごろである。

元禄十六年（一七〇三）四月に大坂の曾根崎天神《そねざきてんじん》の森で、醤油屋『平野屋《ひらの》』の手代・徳兵衛《とくべえ》と北の新治の『天満屋《てんまや》』の遊女・お初《はつ》が情死するという事件があった。

その心中事件を題材に、近松門左衛門《ちかまつもんざえもん》が浄瑠璃『曾根崎心中』を創作して上演したところ大当たりをとり、それをきっかけに元禄から正徳年間にかけて、畿内地方を中心に心中が大流行したのである。

享保《きょうほう》七年（一七二二）、江戸幕府は「心中」の二文字は「忠」の字に通じるとして「相対死《あいたいじに》」と表現を換え、情死を厳しく取り締まったために、その後心中事件は激減した。

「自分を引き合いに出すのも、何ですけど……」

うつむきながら、志乃がいった。

「わたしだって一度地獄を見た女なんです。死のうと思ったことも何度かありました。でも……、結局は死ななかった。死んだつもりで必死に生き抜いてきたんです」

「…………」

「わたしにかぎらず、女って意外と芯は強いんですよ」

「そのようだな」

幻十郎は笑ってうなずいたが、志乃はあくまでも真剣である。

「いつだったか、お秀さん、こんなことをいっていました。ご主人の宗兵衛さんとは十六も歳が離れているから、そのぶん自分のほうが長生きするし、むしろ、ご主人が亡くなってから、本当の自分の人生がはじまるんだって」

そのお秀がみずから命を絶つとは考えられない。何か事件にでも巻き込まれたのではないかと、志乃は訴えるような口調でいいつのった。

「いわれてみれば、確かに不審な点がある。一度洗い直してみるか」

幻十郎はそう応えて腰を上げた。

5

日本橋左内《さない》町の裏路地を、紺色の羽織に桟留《さんとめ》の筒袖、薄鼠《うすねず》色の股引き姿の男が、やや背を丸めながらせかせかと歩いていた。

一見して岡っ引とわかるいでたちである。

路地を行き交う人々が、男にぺこぺこと頭を下げて通り過ぎてゆく。中にはあわてて路地の端に寄り、逃げるように足早に去ってゆく者もいた。

男は路地の奥の長屋木戸をくぐっていった。

西に大きく傾いた陽差しが、長屋路地に薄い影を作っている。

あちこちの軒端から炊煙《すいえん》が立ちのぼり、かみさん連中や子供たちのけたたましい声がひびいてくる。男は井戸端で足を止め、手桶の水で大根を洗っている女に声をかけた。

「組紐《くみひも》屋の清次《せいじ》の家はどこだい？」

「一番奥の右側です」

「そうか」

鷹揚《おおよう》にうなずくと、男は礼もいわずに路地の奥へ突き進み、その家の戸口に立った。

窓の障子に薄《うっす》らと明かりがにじみ、人影が映っている。それを確かめると、男は無造作に腰高障子を引き開けて三和土《たたき》に立ち、

「ごめんよ」

と奥に声をかけた。がらりと障子が開いて、のっそりと姿を現したのは、歳のころ二十八、九、純朴そうな顔をした男――組紐屋の清次だった。

「おめえが組紐屋の清次かい？」

男の横柄《おうへい》な物いいに、清次は臆《おく》するように首をすくめて、

「はい」

と小さく応えた。

「おれは本所横網町の丑松《うしまつ》って十手《じって》持ちだがな」

いいながら、男は羽織の前を広げて、腰に差した素十手《すじって》をちらつかせた。いかにも芝居がかったわざとらしい所作だが、実はこの男、岡っ引に扮した歌次郎だったので

ある。

「手前に何か？」

清次が警戒するような目で訊いた。

「おめえ、仕立て屋の礼次郎と親しい仲だったそうだな」

「はい。十年来の付き合いでして。……例の心中事件をお調べですか？」

「ああ」

「手前もびっくりしましたよ。まさかあの男が心中をするなんて」

「礼次郎に最後に会ったのは、いつごろだい？」

「三日ほど前でした」

「何か変わった様子はなかったか」

「近々、旅に出るといっておりました」

「旅に？　どこに行くといっていた？」

「くわしいことは聞いておりませんが、家財道具や着物、布団などはいっさい長屋に置いていくから、欲しいものがあったら持っていってくれと」

「ふーん。ほかに何か気づいたことはねえかい」

「一つだけ腑《ふ》に落ちないことがございます」

「というと？」

「これは仕立て屋仲間から聞いた話なのですが、二日ほど前に本所尾上《おのえ》町の盛り場で礼次郎の姿を見かけたそうで」

「それがなぜ腑に落ちねえんだい？」

「礼次郎は酒が一滴も呑めない男なんですよ」

「ほう」

「仕事一辺倒の堅物《かたぶつ》でしてね。盛り場や遊所にはトンと縁のない男でした」

「なるほど、そいつは確かに妙な話だな」

歌次郎は首をかしげて、ちょっと思案したが、

「邪魔したな」

といって背を返した。

それから半刻後、本所尾上町の盛り場の雑踏の中に、歌次郎の姿があった。

（礼次郎は下戸《げこ》だったか）

つぶやきながら、歌次郎は盛り場の路地に足を踏み入れた。

一滴の酒も呑めない礼次郎が、なぜ尾上町の盛り場にいたのか。その謎が解ければ、心中事件の真相が見えてくるかもしれない。そう思って聞き込みにきたのである。

尾上町は向 両国《むこうりょうごく》（両国橋の東側の俗称。東両国ともいう）一の繁華街で、八百三十坪ほどの片側町に水茶屋や待合茶屋、料亭、小料理屋、居酒屋などがひしめくよう

に建っていた。その数、およそ二百軒。とても一日で廻りきれるものではない。

十軒ほど聞き込みに歩いたが、収穫は何もなかった。

翌日も翌々日も、歌次郎は尾上町に通って聞き込みをつづけた。

いつか月が変わって、師走《しわす》になっていた。

寒さはますます厳しさを増し、日を追うごとに盛り場の人出も少なくなってきた。

聞き込みを開始してから五日目の夜のことである。

「旦那」

歌次郎が息せき切って『風月庵』に飛び込んできた。

「おう」

幻十郎が振り返った。歌次郎は囲炉裏の前に座り込むなり、

「わかりやしたぜ」

と声をはずませていった。聞き込み先でかなり酒を呑んできたらしく、鼻の頭が赤くなっている。

「礼次郎は〝逃がし屋〟の差配師を捜していたんですよ」

これは尾上町の居酒屋の亭主から引き出した情報である。心中事件の二日ほど前に、礼次郎らしき男がふらりと店に入ってきて、〝逃がし屋〟にツテを持つ者を知らないかと、訊かれたというのである。

「そうか」

幻十郎の目がぎらりと光った。

礼次郎は『近江屋』の内儀・お秀と駆け落ちをするつもりだったのだ。

だが、不義密通といううしろ暗い事情を抱えた二人が、無事に江戸を出られるという保証は何もなかった。そこで礼次郎は〝逃がし屋〟を捜し出し、逃亡の手助けをしてもらおうと算段したに違いない。

「ただ……」

といいさして、幻十郎は囲炉裏の榾火《ほたび》に目を据えた。

依然として解けぬ謎があった。駆け落ちを企てた二人が心中しなければならない理由は何もない。あの心中事件が偽装であることは明白だった。とすると、いったい誰が、何の目的で二人を殺したのか。

もし礼次郎が〝逃がし屋〟一味との接触に成功していたとすれば、偽装心中事件の謎を解く鍵は一味がにぎっているかもしれない。幻十郎はそう推断した。

「けど」

と歌次郎が困惑げに首をひねった。

「肝心の〝逃がし屋〟の正体がさっぱりわかりやせんからねえ」

「一人だけ知ってるやつがいるぜ」

「へ？」

歌次郎は虚をつかれたような顔になった。

「弥市だ」

日本橋安針町の乾物屋『鳴海屋』に押し入って、一家八人を皆殺しにして逃亡した男である。あの事件からすでに半月以上がたっていた。〝逃がし屋〟の手を借りて江戸を脱したことは、もはや疑う余地がないだろう。

「いまごろ野郎は郷里の八王子でぬくぬくと酒でも食らっているに違いねえ」

「八王子？」

「弥市の女から聞いた話だ。間違いねえだろう。……歌次」

「へい」

「明日の朝、おれは旅に出るぜ」

「八王子に行くつもりですかい？」

「ああ、野郎を捕まえて〝逃がし屋〟の正体を吐かせてやる」

「あっしもお供いたしやしょうか」

「いや、二人旅は人目に立つからな。一人で行ってくる」

「八王子はもう雪が降ってるかもしれやせん。しっかり備えをしていったほうがようござんすよ」

「うむ。饅頭笠《まんじゅうがさ》と合羽《かっぱ》を用意しておいてもらおうか」

かしこまりやした、とうなずいて歌次郎は立ち上がった。

第五章　殺し旅

1

鉛色の雲がどんよりと垂れ込めている。

昼を少し過ぎたばかりだというのに、四辺《あたり》は夕暮れのように薄暗く、身を切るような寒風が、虎落笛《もがりぶえ》を鳴らして冬枯れの荒野を吹き抜けてゆく。

師走の甲州街道を、饅頭笠《まんじゅうがさ》に黒羅紗《らしゃ》の袖合羽《そでがっぱ》、鈍色《にびいろ》の裁着袴《たっつけばかま》、黒革の手甲脚絆《てっこうきゃはん》に革の草鞋《わらじ》ばきといった異装の男が、西をさして黙々と歩いていた。幻十郎だった。

昨日の朝、江戸を出立した幻十郎は、内藤新宿から布田《ふだ》五ケ宿《しゅく》までの、およそ五里（約二十キロ）の距離を一気に歩き、昨夜は五ケ宿の旅籠《はたご》に泊まり、ふたたび西をさして旅をつづけていたのである。

府中《ふちゅう》宿を過ぎたあたりから、灰色に曇った空から白いものが落ちてきた。

（雪か……）

饅頭笠のふちを押し上げて、幻十郎はうらめしげに曇天の空を振り仰いだ。大粒の雪が花びらのようにひらひらと舞っている。

（このぶんじゃ積もるかもしれねえな）

肚《はら》の中でつぶやきながら、袖合羽の前をしっかり押さえて足を速めた。

次の宿場・日野《ひの》にさしかかったころには、雪は本降りになり、風も強まってきた。

横殴りの雪が容赦なく幻十郎の体を打つ。さすがに歩運びが遅くなった。

歌次郎の忠告を受けて、それなりに防寒の備えをしてきたつもりだったが、突き刺すような寒気が袖合羽を透して体の芯まで忍び込んでくる。

日野宿の煮売屋で、遅い中食《ちゅうじき》をとった。

熱い雑炊《ぞうすい》を腹に流し込んで体を温め、また旅をつづけた。

日野宿から八王子宿までは、わずか一里二十七丁（約六・九キロ）の距離だが、吹きすさぶ雪と風のために旅程が大巾に遅れ、八王子に着いたときには、もう日はとっぷりと暮れていた。

降り積もった雪が、宿場通りを白一色に染めている。

雪の中だというのに、宿場は思いのほか賑やかだった。傘をさした人々がひっきりなしに行き交い、あちこちから女の嬌声《きょうせい》や弦歌がひびいてくる。

桑都《そうと》の別名を持つ八王子は、江戸時代中期から養蚕《ようさん》が盛んに行われ、製糸、織物の産地として繁栄をきわめていた。また甲州街道や鎌倉街道、あるいは相模川《さがみ》などの水運によって信州、上州から運ばれてくる良質の生糸《きいと》や絹織物がこの地に集荷され、月に六日開かれる六斎市《ろくさいいち》には、関東各所から仲買人が集まり、大変な賑わいになるという。

大雪にもかかわらず、宿場通りが活気にわいているのは、その六斎市を明日に控えているせいだったのだ。幻十郎は、とある旅籠屋の前で足を止めた。

軒行燈《のきあんどん》に『万田屋《まんだ》』とある。土間で客の履物《はきもの》を片付けている下足番らしき男に、

「部屋は空《あ》いてるかい？」

と声をかけると、

「は、はい」

男がびっくりしたように振り向いて、

「お泊まりでございますか」

「ああ。今夜一晩厄介《やっかい》になりたい」

「空き部屋はございます。どうぞ、お入りくださいまし」

下足番が中にうながすと、すかさず帳場の奥から仲居が出てきて、幻十郎を二階の部屋に案内し、夕飯はいかがなさいますか、と聞いた。幻十郎は首を振って、

「この近くに居酒屋はあるか？」

　と逆に訊き返した。

「はい。ここを出て西へ半丁ほど行ったところに『権兵衛《ごんべえ》』という店がございます。火の見櫓《やぐら》の手前ですから、すぐわかります」

「そうか。夕食はその居酒屋でとる。支度はしなくてもいい」

「さようでございますか。では失礼いたします」

　仲居が出て行くと、幻十郎はすぐさま旅装を解いた。黒革の手甲脚絆をはずし、袖合羽と裁着袴を脱いで着流しになり、饅頭笠をかぶって、ふたたび旅籠を出た。

　雪はやや小降りになっていた。

　捜すまでもなく、『権兵衛』はすぐにわかった。間口三間ほどの大きな店で、軒下に屋号を記した赤提灯《あかちょうちん》がぶら下がっている。縄暖簾《なわのれん》を割って中に入った。

　店の中には七、八人の客がいた。荷駄人足や馬子、問屋場の下働きの男たちである。店の一隅に空いた席を見つけて腰を下ろすと、幻十郎は小女に岩魚《いわな》の塩焼きと湯豆腐、燗酒《かんざけ》二本を注文した。

　運ばれてきた酒を手酌でやりながら、さり気なく店の中を見渡していると、遊び人風の若い男がふらりと入ってきて、幻十郎の隣の席に座った。養蚕農家の小倅《こせがれ》だろう、小ざっぱりとした身なりをしている。

この店の常連客らしく、注文も受けぬうちに小女がすぐに酒と肴《さかな》を運んできた。男は小女に心づけを手渡し、徳利の酒を猪口《ちょこ》に注いでうまそうに呑みはじめた。

「つかぬことを訊くが……」

幻十郎が声をかけると、男はけげんそうに顔を向けて、

「何か？」

「この宿場に博奕場《ばくちば》はないか？」

「ああ、八日市《ようかいち》に勘兵衛《かんべえ》親分の賭場《とば》がありやすよ」

「八日市宿か」

八王子は俗に八王子横山十五宿とも呼ばれている。江戸時代の初期、代官頭の大久《おおく》保長安《ぼながやす》や関東十八代官が十五の宿場を分割統治し、地方行政の拠点としていたからである。のちに政治の中心は江戸に移り、十五の宿場名は八王子の町名として残った。その中心が横山宿（現在の八王子市街）と八日市宿である。

「あしたは六斎市が開かれやすからねえ。勘兵衛親分の賭場も大繁盛でござんすよ」

「なるほど」

弥市は無類の博奕好きである。かならず勘兵衛一家の賭場に姿を現すに違いない。

男から勘兵衛の家の場所を聞き出すと、幻十郎は卓の上に酒代を置いて居酒屋を出た。

雪がやんで、雲間から青白い星明かりが差している。

男に教えられたとおり、八日市宿の東はずれに藁葺《わらぶ》き屋根、入母屋《いりもや》造りの大きな家が見えた。油障子に《勘》の代紋が記されている。戸を引き開けて土間に入ると、奥から勘兵衛一家の若い者が出てきて、

「お遊びでござんすか」

と、うろんな目で幻十郎を見た。浪人者と見て警戒しているのだろう。

「ああ、これを預かってくれ」

饅頭笠をはずして、腰の刀と一緒に差し出した。賭場に刃物類の持ち込みが禁じられていることを、幻十郎は知っていた。若い者はとたんに愛想笑いを浮かべて、

「どうぞ、お上がりなすって」

と笠と刀を受け取り、幻十郎を中廊下の奥の部屋に案内した。

二十畳ほどの板敷きの広間である。

広間の中央に白木綿をかけた畳二枚ぶんの盆茣蓙《ぼんござ》がしつらえられてあり、その周囲を十数人の男たちが取り囲み、血走った目で賽《さい》の目を追っていた。

広間の右すみの銭箱の前に代貸《だいがし》が座っている。代貸は貸元（親分）の代理の者で、賭場を仕切るマネージャーのようなものである。幻十郎はそこで一分金を駒札《こまふだ》に換え

た。

駒札は四十枚あった。ここの賭場では駒札一枚が二十五文に相当するらしい。それを持って盆茣蓙の前に腰を据えた。

「さァ、張ったり、張ったり」

中盆《なかぼん》が大声を張り上げて、張手をうながしている。

盆茣蓙は丁座と半座に分かれている。中盆と壺振《つぼふ》りが座っている側が丁座、反対側が半座で、丁半の駒札の数が一致したときに、壺が振られる仕組みになっている。

「半座が空いてます。半座はございませんか。ささ、半座はございませんか」

中盆の声に押されて、幻十郎は半座に五枚の駒札を張った。

「丁半、そろいました」

「入ります」

壺振りが壺笊《つぼざる》に骰子《サイコロ》を放り込み、二、三度振って、ポンと盆茣蓙に伏せる。

「勝負！」

壺が開いた。どよめきが起きる。

「一六《ピンロク》の半！」

中盆の声とともに、丁座の駒札がざざっと半座に流れる。

幻十郎の手元にも五枚の駒札が流れてきた。それを手持ちの駒札の山に積み上げて、さりげなく客たちの顔を見廻した。

と、そのとき、丁座のすみに座っていた男が、何やら口の中でぼそぼそとつぶやきながら、ゆらりと立ち上がった。歳のころは三十二、三。ぼさぼさの蓬髪《ほうはつ》、眉が薄く、狐のように細い目をしている。

「おや、もう上がりですかい、弥市つぁん」

中盆が声をかけた。幻十郎の目が鋭く動いた。

「今夜はツイてねえ。また出直してくるぜ」

男は不貞腐《ふてくさ》れたような顔で賭場を出ていった。それを見て幻十郎も何食わぬ顔で腰を上げ、駒札の束を持って代貸のところへいった。

「ご浪人さん、ずいぶんとお早い上がりでござんすね」

不審そうに見上げる代貸に、駒札の束を手渡し、

「急に用事を思い出したのだ。これで若い衆に酒でも呑ませてやってくれ」

「へへへ、これは過分なお志《こころざし》、恐れいりやす」

代貸は満面に笑みを浮かべて、ぺこりと頭を下げた。それを尻目に幻十郎は足早に賭場を出てゆき、土間で饅頭笠と刀を受け取って表に飛び出した。

空はすっかり晴れていた。

満天の星明かりが冴えざえと雪景色を照らし出している。

幻十郎は素早く四辺の闇に目をやった。弥市の姿は消えていたが、路地に降り積もった雪の上に点々と足跡が残っている。その足跡を目で追いながら、幻十郎は足を速めた。

次の路地にさしかかったところで、幻十郎は前方の闇に人影を見た。

（やつだ！）

思わず走った。気配に気づいて人影が振り向いた。弥市だった。

本能的に危険を察知したのだろう。弥市はふいに身をひるがえして走り出した。

幻十郎は猛然と追った。

路地を走り抜けると、そこには広大な桑畑《くわばたけ》が広がっていた。

雪燈籠《ゆきどうろう》のように立ち並ぶ桑の木のあいだを、弥市は鼬《いたち》のようなすばしっこさで走り抜けてゆく。足元に雪煙を蹴立てて、幻十郎も必死に走った。

両者の距離がみるみるちぢまってゆく。

ふいに弥市の体がのめった。雪の深みに足を取られたのである。

ドサッと前のめりに倒れ込んだところへ、追いすがった幻十郎がすかさず身を躍らせ、弥市の右腕を取って背後にねじ上げた。

「ちょ、ちょっと、待ってくれ！」

弥市がわめいた。

「おれがいってえ何をしたっていうんだ！」

「貴様に訊きてえことがある」

「ど、どんなことだ」

「〝逃がし屋〟の正体だ」

「〝逃がし屋〟？……な、何のことやら、おれにはさっぱり……」

「とぼけるんじゃねえ」

弥市の腕をぎりぎりとねじ上げた。

「素直に吐かねえと、腕をへし折るぜ」

「い、痛てえ！　は、放してくれ！」

「吐くか」

「わ、わかった」

弥市が顔をゆがめてうなずいた。

「ふ、深川大島町の『肥後屋』って口入屋だ」

「『肥後屋』か」

「た、頼む。手を……、手を放してくれ」

「いいだろう」

手を放すと、弥市は腕をさすりながら、探るような目で幻十郎を見上げた。

「ご浪人さん、まさか公儀の探索方じゃ――？」

「いや」

幻十郎は冷然と首を振って、

「冥府の刺客だ」

「え！」

「貴様の命をもらいにきた」

「じょ、冗談じゃねえや！」

叫ぶなり、弥市はパッと翻身したが、それより早く幻十郎の刀が鞘走《さやばし》っていた。

「わッ」

悲鳴を上げて、弥市はのけぞった。瞬息の袈裟《けさ》がけである。背中に赤い裂け目が奔《はし》り、飛び散った血しぶきが、桑畑に降り積もった雪を真っ赤に染めた。

まだ息はあった。うめき声を上げて雪の上を転げ廻っている弥市を、冷ややかな目で見下ろしながら、幻十郎は刀を逆手に持ち替えた。

グサッ。

弥市の背中に垂直に刀が突き刺さった。とどめの一突きである。

弥市の体が海老《えび》のようにそり返り、音を立てて噴き出した血が、真っ白い雪の上に禍々《まがまが》しいまだら模様を描き出している。

刀を引き抜き、血ぶりをして納刀すると、幻十郎は何事もなかったかのように背を返して、悠然とその場を立ち去った。

2

翌朝、六ツ前に起床すると、幻十郎は手早く身支度を済ませて、朝食もとらずに『万田屋』を出た。

東の空がほんのりと曙光《しょこう》に染まっている。

昨日の天気が嘘のように、雲ひとつない冬晴れである。

八王子から六里（約二十四キロ）余の距離をほとんど休みなく歩きつづけ、布田五ケ宿に着いたのは、暮七ツ（午後四時）ごろだった。

布田五ケ宿は、上石原《かみいしはら》、下《しも》石原、上布田、下布田、国領《こくりょう》の五宿をあわせて一宿となった宿場町である。日本橋からの距離はおよそ六里なので、江戸を七ツ（午前四時）立ちした旅人はここを素通りして府中宿に泊まる。

また府中から江戸に下る旅人もこの宿場には泊まらず内藤新宿まで足を延ばした。そのために布田五ケ宿には本陣も脇本陣もなく、旅籠屋は十軒にも満たないというさびれた宿場になっていた。

そもそも甲州街道は五街道（東海道・中山道《なかせんどう》・奥州街道・日光街道・甲州街道）の中でも旅人の往来が一番少ない街道なのである。しかも参勤交代でこの街道を使う大名は、諏訪《すわ》、高遠《たかとお》、飯田《いいだ》の三藩だけなのだ。布田五ケ宿のような小さな宿場町がさびれてゆくのも道理といえよう。

行き交う旅人の姿もなく、物寂しい静寂に領された街道を、真っ赤な夕日を背にした幻十郎が、路上に長い影を落として旅を急いでいた。

やがて左手に一里塚が見えた。日本橋から六里の地点を示す小島の一里塚である。一里塚を過ぎると、次の国領までは指呼《しこ》の距離である。

一里塚の前にさしかかったとき、幻十郎の足がふとゆるんだ。

――う、ううう……。

低いうめき声を聞いたような気がしたのである。足を止めて饅頭笠を押し上げ、四辺を見渡した。

――ううう……。

気のせいではなかった。今度ははっきりと男のうめき声を聞いた。

幻十郎はひらりと体を返して、街道わきの草むらに足を踏み入れた。うめき声は一里塚のわきに建っている朽《く》ちた地蔵堂《じぞうどう》から聞こえてくる。

枯れ草を踏み分けて、用心深く地蔵堂に歩み寄った。観音開きの格子扉の片一方は腐れ落ちている。そこから中をのぞき込んだ。堂の奥の暗がりに人影がうずくまっている。目をこらして見ると、人影は三十二、三の旅装の武士だった。

「どうした？」

幻十郎が声をかけると、武士は驚いたように振り返り、刀の柄に手をかけて身構えた。衣服はずたずたに裂け、胸のあたりにべっとりと血が付着している。

「怪しい者ではない。見てのとおり、旅の浪人だ」

幻十郎は両手を大きく広げてみせ、敵意のないことを示した。それを見て武士も安《あん》堵《ど》したのか、刀の柄にかけていた手を放し、

「貴殿に……、お訊ねしたいことが……」

あえぎあえぎいった。

「ここから国領宿まで……、どのぐらいの道のりでござろう？」

「十五、六丁かと思うが」

その距離が遠いと思ったのか、武士は落胆したようにうつむいた。

「国領に何か急ぎの用向きでも？」

「国領まで行けば……、旅籠屋で怪我の養生ができるのではと……」

武士はそういったが、多量の出血のために顔は紙のように白く、眼差しも弱々しい。国領まで自力で歩ける体でないことは一目瞭然だった。

「その傷ではとても無理だ。拙者が手を貸そう」

「しかし」

「武士は相身互《あいみたが》い。遠慮にはおよばぬ」

「ご厚情かたじけのうござる。貴殿の御名《おな》は……？」

「神谷源四郎と申す」

「それがしは――」

と武士がいいかけたとき、突然、表に枯れ草を踏みしだく音がした。

「追手だ」

武士が顔を強張らせて小さく叫んだ。幻十郎は反射的に刀の柄に手をかけた。がさがさと枯れ草を踏みしだく音が接近してくる。

幻十郎は羽目板の隙間《すきま》から表の様子をうかがった。三人の侍が何かを捜すような目つきでやってくる。いずれも袴《はかま》の股立《ももだ》ちを高く取った屈強の侍である。

「あの堂の中を見てまいれ」

一人がいった。口ひげを生やした角張った顔の侍である。その下知《げち》を受けて二人が堂に向かって歩を進めてきた。幻十郎は腰を上げて観音扉の陰に立った。

「いたぞ！」

叫ぶなり、一人が抜刀して斬り込んできた。が、一瞬速く、幻十郎は堂の中から飛び出し、抜きつけに侍の髀腹《ひばら》を斬った。

「わっ」

と悲鳴を上げて、その侍は堂の基壇《きだん》から転げ落ちた。

「お、おのれ！」

怒気を発して、もう一人が斬りかかってきた。上段からの斬撃である。

幻十郎は横に跳んで切っ先をかわし、跳びちがいざまに逆袈裟に薙《な》ぎ上げた。侍の両腕が肘《ひじ》のあたりで切断され、刀をにぎったまま宙に舞った。

異様な叫び声を上げて、侍は枯れ草の上に倒れ伏した。

幻十郎はすぐさま右に向き直った。

「貴様！」

右横から口ひげの侍が猛然と突きかかってきた。

とっさに体を開いて、刀の峰ではじき返した。

キーン。鋭い金属音がひびいた。

侍は二、三歩跳び下がって、青眼に構え直した。幻十郎の剛剣に恐れをなしたか、口ひげがピクピクと震えている。

幻十郎は右半身に構え、右片手にぎりの刀をだらりと下げた。懸《けん》（攻撃）の構えから待《たい》（受け）の構えに切り替えたのだ。口ひげの侍はそこに隙を見たのだろう。

「たァ！」

裂帛《れっぱく》の一声とともに間境《まざかい》を越え、横殴りの斬撃を送ってきたが、紙一重の差で、幻十郎の右片手にぎりの刀が斜め上に一閃《いっせん》の弧を描いていた。

口ひげの侍の体が泳いだ。首筋から凄い勢いで血が噴き出している。

幻十郎の切っ先が頸動脈《けいどうみゃく》を切り裂いたのだ。

ドサッと音を立てて、口ひげの侍は朽木《くちき》のように仰向けに倒れた。

刀の血ぶりをして鞘《さや》に納めると、幻十郎は踵《きびす》を返して地蔵堂の中に駆け込んだ。

「神谷どの！」

刀を支えにして、武士が立ち上がった。何かいいかけるのへ、

「話はあとだ。さ」

と武士の両肩を抱えるようにして、堂を出た。

西の空にわずかに残照がにじんでいるが、街道はもう夕闇につつまれていた。

半刻後、二人は国領宿の『武蔵屋』という旅籠屋に旅装を解いた。旅籠屋といっても、人馬継ぎ立てを兼業する、木賃宿に毛が生えた程度の小さな宿である。

武士は体の数カ所に切り傷を負っていたが、思ったより傷は浅く、命に別状はなさそうだった。

「申し遅れましたが……」

怪我の手当てを済ませた武士が、あらたまった面持ちで幻十郎の前に手をついた。

「それがし、出石藩徒士組《いずしかちぐみ》・横田平蔵《よこたへいぞう》と申します」

「出石藩！」

幻十郎は瞠目し、思わず、

「奇遇だな」

とつぶやいた。

「奇遇？　と申されると？」

けげんそうに訊き返す横田平蔵に、幻十郎は先日、江戸の竈河岸《へっついがし》で浪人者に斬殺された出石藩の国侍・早川数馬から包みを託されたことや、その包みを酒勾清兵衛に届けたことなどを手短に語って聞かせた。あまりにも奇妙なめぐり合わせに、

「ほう」

と今度は横田のほうが驚嘆の声を洩らした。

「そのようないきさつが……、いや、まさに奇遇、これも何かの縁でござりましょう」

「ところで、先ほどの侍たちは何者なのだ？」

「それが、手前にもさっぱり――」

当惑するように横田は首を振った。行燈の明かりの中であらためて横田の顔を見る

と、彫りの深い凜《りん》とした風貌をしている。地蔵堂で見たときより二、三歳若く見えた。

（国元の主計《かずえ》派が江戸に差し向けた三人の一人かもしれぬ）

幻十郎は内心そう思ったが、口には出さず、

「差し支えなければ、くわしい事情を」

と、あえて横田に訊いてみた。

「実は……」

横田はためらいもなく語りはじめた。

幻十郎の読みどおり、横田平蔵は主計派の密命を受けて朋輩の山坂五郎太、倉橋忠吾とともに江戸に向かう途中だったのである。東海道を使わずに中山道の下《しも》諏訪から甲州街道に道をとったのは、左京派の待ち伏せを警戒してのことだった。

駒木野の関所も無事に通過、八王子、日野、府中と順調に旅を重ね、布田五ケ宿の上布田宿を出たところで、思わぬ事件が起きた。

突然、六人の侍の襲撃を受けたのである。どうやらその六人は上布田宿の宿はずれで三人を待ち伏せしていたようだった。

身なりから見て、その六人は物盗り目的の無頼浪人ではなかった。れっきとした武士の集団である。どこの家中の侍かわからなかったが、左京派の江戸詰の侍でないことは確かだった。

凄絶な斬り合いになった。六対三。多勢に無勢の不利な闘いである。意外なことに三人の中でもっとも腕の立つ山坂五郎太が、真っ先に斬り殺された。

横田と倉橋は、無数の傷を負いながら、離れ離れになって必死に逃げた。

敵の六人も三人ずつに分かれて二人のあとを猛追した。

横田は小島一里塚の地蔵堂にひそんでいたところを、通りすがりの幻十郎に助けられたが、その後の倉橋の安否はわからないという。

「無事に生きていてくれればよいのですが……」

語り終えて、横田は暗然とうなだれた。

「もう一つ立ち入ったことを訊くが、貴公たちの目的はいったい何なのだ」

ずばり、切り込むように幻十郎が訊いた。もちろん薄々は知っていたが、確認のために横田の口から言質《げんち》をとろうと思ったのである。横田はけげんそうな表情をみせた。

「酒勾《さこう》どのから聞いておられないので？」

「いや、何も聞いていない」

「仙石左京の暗殺です」

拍子抜けするほど、横田はあっさり応えた。

「左京がこの世から消えれば、出石五万八千石は主計派の手に落ちるというわけか」

「いえ、それは――」

違う、といいたげに横田はかぶりを振り、

「われわれは権力欲だけで動いているのではござらぬ」

強い語調で反駁《はんばく》した。

「では、ほかに何か？」

「仙石左京は、お家乗っ取りを企む逆賊《ぎゃくぞく》。それを阻止するには左京を殺すしか法はないのです」

「お家乗っ取り？」

「ここだけの話ですが……」

と膝を詰めて、横田は急に声を落とした。

「この六月に、ご当代さまが身まかられたのです」

（まさか！）

といいかけて、幻十郎はその声をぐっと飲み込んだ。

出石藩の当代藩主・仙石政美《まさみつ》は、まだ二十九歳の若さである。生まれつき病弱の身だったと市田孫兵衛から聞いてはいたが、まさか半年前に亡くなっていたとは……。

「まことか、それは」

「かような大事、たわむれにも嘘など申せませぬ」

「公儀には届け出たのか」

「それが、いまだに……」

「まだ？……なぜだ」

幻十郎の問いに、横田は一瞬ためらいながら、

「世継ぎ問題があるからです」

と応えた。

藩主・仙石政美は世子《せいし》に恵まれぬまま、今年の六月に急逝した。大名家に家督《かとく》を相続する者がない場合、家は断絶の憂《う》き目にあう。いわゆる無嗣断絶《むしだんぜつ》である。

江戸初期には、無嗣断絶による大名の取りつぶしが増加し、主家を失った浪人が巷《ちまた》にあふれたため、その防止策として末期養子《まつごようし》を認める方向に政策が転換されていった。

末期養子とは、当主が死亡した時点で養子を迎え入れることをいう。

当初はその末期養子さえも厳しく禁じられていたが、四代将軍家綱《いえつな》のときに末期養子の禁が緩和され、無嗣断絶による大名取りつぶしも激減した。

ところが出石藩の場合は、藩主が若年であり、しかも突然の死であったために、末期養子の手続きが遅れてしまったのである。仙石左京はそこに付け入り、

「お家を守るために、しばらくご当代さまの死を秘匿《ひとく》せよ」

と家中に箝口令《かんこうれい》をしき、一方でおのれの息子を末期養子にして出石藩の跡目を継が

せようと、ひそかに画策しはじめたのである。

「左京が一子・小太郎を連れて突然江戸に出府したのは、お家乗っ取りの布石を打つためなのです」

憤然とした面持ちで、横田はそういった。その話が事実であれば、藩主の同族とはいえ仙石左京の企ては謀叛《むほん》に等しい。逆賊のそしりは免れないだろう。

（だが……）

と幻十郎は思う。

主計派が左京父子を討ったところで、果たして世継ぎ問題は解決するのだろうか。むしろその騒ぎによって、半年ものあいだ藩主の死を秘匿していた事実が露顕《ろけん》する恐れがある。その結果、仙石家が取りつぶしになったら元も子もあるまい。それこそ「角《つの》を矯《た》めて牛を殺す」ことになる。その疑念を横田にぶつけると、

「おっしゃるとおり、われわれもそのことで苦慮いたしました。しかし」

横田は悲壮な表情で唇を噛んだ。

「殿が薨《こう》じられた時点で、仙石家はすでに断絶していたのです。左京一派にお家を乗っ取られるぐらいなら、取りつぶしもやむなしと……」

「なるほど」

幻十郎は深くうなずいた。左京父子の命と引き換えに、出石五万八千石を取りつぶ

すという苦渋の選択は、ある意味で亡君・仙石政美への究極の忠義かもしれぬ。

——義は、主計派にある。

横田平蔵の話を聞き終えて、幻十郎はそう確信した。

3

深川常盤町の長屋を出たあと、笠原慎吾は市中の旅籠屋を転々としながら、酒勾清兵衛からの連絡を待っていた。

（そろそろ、三人の同志が江戸に着くころなのだが……）

何か悪いことでもあったのかと、日を追うごとに不安と焦燥がつのってくる。

そしてもう一つ、慎吾の胸中には気がかりなことがあった。お袖のことである。

「落ち着き先が見つかったら、かならず連絡する」

そういってお袖と別れたのだが、慎吾はいまだにその約束を果たしていなかった。

お袖は慎吾からの連絡を心待ちにしているだろう。

それを知りながら、慎吾があえて梨《なし》のつぶてを決め込んでいたのは、三人の同志が江戸に到着するまでは会うまいと心に決めていたからだ。

だが、なぜかいま、その心が揺れていた。

——会いたい。

唐突ともいえる熱い感情だった。

なぜそんな気持ちになったのか、自分でもわからなかった。

国元にいるときは武芸の鍛錬に明け暮れる日々で、若い女に接する機会はほとんどなかったし、とりたてて女に関心もなかった。お袖に対しても同じだった。女として意識したこともなければ、特別な感情を抱いたこともない。

そんな慎吾の心が、いま千々《ちぢ》に乱れているのである。

——大事の前に、女子《おなご》に心を乱すとは……。

必死におのれにいい聞かすのだが、その気持ちとは裏腹に、お袖への恋情はいや増すばかりである。自制心が利かなかった。

居ても立ってもいられず、慎吾は身支度をはじめた。

日本橋馬喰《ばくろ》町の旅籠屋『上州屋《じょうしゅうや》』の二階部屋である。身支度をととのえて階下に下りると、帳場の奥から出てきた番頭に、

「一刻ほどでもどってくる」

といいおいて、慎吾は外に出た。

凍てつくような星明かりである。肌を刺すような寒気にぶるっと身震いして、慎吾は浜町河岸に足を向けた。浜町河岸から大川端に出て、新大橋を渡るつもりである。

お袖の家は深川清住町にある。父親の徳兵衛《とくべえ》は炭屋をいとなんでいるが、母親は五年ほど前に病死、現在は父親と二人で暮らしているという。

新大橋を渡って東詰を右に曲がり、大川端の道を南に半丁ほど行くと、左手に大きな寺が見えた。霊雲院《れいうんいん》である。その先が清住町である。

お袖の家は清住町の北の角にあった。すでに大戸は下ろされていた。

くぐり戸を叩くと、土間に足音がひびいて、

「どちらさまですか？」

と、お袖の声がした。

「わたしだ」

応えると同時に、かんぬきを外す音がして、くぐり戸が開いた。

「慎吾さま！」

「夜分、すまぬ。ちょっといいか」

「どうぞ、どうぞ」

お袖は顔を輝かせて、慎吾を中に招じ入れた。父親の徳兵衛は外出しているらしく、家の中はひっそり静まり返っている。

慎吾を茶の間に通して、お袖はいそいそと茶の支度をはじめた。

「怪我の具合はいかがですか」

茶を淹《い》れながら、お袖が訊いた。

「もう、すっかりよくなった」

「そうですか。……で、いまはどこにお住まいなんですか？」

「まだ決めてはいない。しばらくは市中の旅籠屋を転々とするつもりだ」

「じゃ……」

お袖は悲しそうにうつむいた。

「わたしのほうから会いに行くことはできないんですね」

「お袖さん」

慎吾が熱っぽい目で見つめて、

「もうじき、わたしの役目は終わるだろう」

「…………」

「そのあとどうするか。ここへ来る途中、身の振り方をいろいろと考えてみたのだが
……わたしは江戸に残ることにしたよ」

「江戸に残る？……そんなことができるんですか」

「できるさ。藩に暇《いとま》願いを出せばな」

「暇って、まさか……」

「侍を捨てて、浪々の身になるつもりだ」

一瞬の沈黙があった。

「――でも、なぜ？」

「お袖さんと一緒に暮らしたいからだ」

「………」

お袖は絶句した。信じられない顔をしている。

「わたしの妻になってくれぬか」

「慎吾さま」

お袖の眸《め》がうるんでいる。倒れ込むように慎吾の胸に顔をうずめると、堰《せき》を切ったように声を上げて泣きじゃくった。

と、そのとき、カタンとくぐり戸が開く音がした。お袖がハッと顔を上げて、

「父が帰ってきたようです」

頰の涙を手で拭って立ち上がり、あわてて廊下に出ようとしたが、次の瞬間、

「な、何ですか！　あなた方は」

叫び声を上げて後ずさった。慎吾はとっさに刀に手を伸ばした。廊下にずかずかと足音がひびき、二つの人影が浮かび上がった。黒木弥十郎と仲間の浪人者である。

「左京の手の者か！」

慎吾が立ち上がって身構えた。

「ふふふ、やっと現れたな。笠原慎吾」

黒木が酷薄な笑みを浮かべていった。その一言に慎吾は戦慄した。この家は見張られていたのである。そこまで思慮すべきだった。慎吾はおのれの迂闊《うかつ》さを悔いた。

「死んでもらうぜ」

黒木と浪人者がぎらりと刀を抜き取った。慎吾も抜刀した。

「お願い！　殺さないで！」

叫びながら、お袖が二人の前に立ちふさがった。

「ええい、どけ」

浪人者が荒々しく押しやったが、お袖は必死にその腕に取りすがった。慎吾が叫んだ。

「お袖さん、離れろ！　離れるんだ！」

「慎吾さまの代わりに、わたしを、わたしを斬ってください！」

「邪魔立てするな」

怒声を発するなり、黒木が袈裟がけに刀を叩きつけた。

「あっ」

と悲鳴を上げて、お袖がよろめいた。胸元から血が噴き出している。

「お袖さんッ！」

慎吾の中で何かがはじけた。

「お、おのれ、貴様ら！」

悲痛な叫びを上げながら、二人に向かってがむしゃらに斬り込んでいった。

慎吾は出石藩徒士組の剣士である。日ごろ武芸の鍛錬も十分に積んでいる。たとえ敵が二人であっても、冷静に立ち向かえば、勝ち目のない相手ではなかった。

だが、この瞬間、慎吾は完全に度を失っていた。

ただ闇雲《やみくも》に斬り込むだけである。敵から見れば隙だらけの剣だった。切っ先はことごとく空を切り、かわされるたびに体勢が大きく崩れた。

その隙に乗じて、浪人者が慎吾の刀をはね上げた。上体が伸び上がったところへ、すさかず黒木が踏み込んで横殴りに胴を払った。

「うっ」

と小さくうめいて、慎吾は前のめりによろけた。黒木の刀が急に刃先の方向を換え、下から斜め上に斬り上げてきた。慎吾の首筋から凄まじい勢いで血が噴き出した。

背後に廻り込んだ浪人者が、とどめの一突きを背中に突き刺した。

たまらず慎吾は前倒れに崩れ落ちた。畳は一面血の海と化している。

黒木と浪人者は、刀の血糊《ちのり》を懐紙《かいし》で拭い取り、鍔《つば》鳴りをひびかせて納刀すると、倒れ伏している慎吾とお袖の死体に冷ややかな一瞥《いちべつ》をくれて、平然と部屋を出ていった。

4

庭に面した障子が、午後の陽差しを受けて白く光っている。

酒勾清兵衛は火鉢のわきの文机の前に座して、静かに筆を運んでいた。写経《しゃきょう》である。いつからはじめたものか、もうすでに書写《しょしゃ》した写経紙が二十数枚も積み上げられている。

庭の欅《けやき》の木から、ひよどりのけたたましい鳴き声が聞こえてくる。

清兵衛は筆を持つ手を止めて、ふっと顔を上げた。

玄関の戸が開く音を聞いたのである。ややあってがらりと襖が開き、河野転《うたた》が青ざめた顔で飛び込んできた。

「酒勾さま、慎吾が殺されましたぞ！」

「なにッ」

清兵衛の太い眉がピクリと引きつった。

「いつ……、どこでだ？」

「昨夜です。場所は以前住んでいた長屋の家主の家、お袖と申す娘ともども斬り殺されたそうで」

「長屋の家主の家か。……しかし、慎吾はなぜそんなところへ？」

「もしや、慎吾はその娘と――」

「わりない仲だったか」

「いや、これは、手前の憶測にすぎませぬが」

「仮にそうだとすると、敵はそこまで調べ上げていたということになるな」

河野は無言でうなずいた。しばらくの沈黙のあと、

「大事を前にして……、慎吾もさぞ無念だったでしょう」

と声を震わせていった。

「数馬に次いで慎吾までも……」

清兵衛の声も震えている。

「みすみす見殺しにしてしまった。慙愧《ざんき》に堪えぬ」

うめくようにいって、清兵衛は目を伏せた。

また重苦しい沈黙が流れた。庭に面した障子に雲の影がよぎり、一瞬部屋の中が暗くなったが、すぐに陽が差してきた。と、ふいに河野が、

「……む」

と刀の柄に手をかけて、鋭い視線を襖の奥に向けた。清兵衛も刀を引き寄せている。

表に足音がひびき、がらりと玄関の戸が開く音がした。

（誰だ？）

緊迫した表情で清兵衛と河野は顔を見交わした。二人とも刀の鯉口《こいぐち》を切っている。抜き打つ構えでじっと息を殺していると、

「酒勾さま」

廊下の奥から聞き慣れた声がした。とたんに清兵衛は表情をゆるませ、刀の柄から手を放した。河野の口からもホッと安堵の吐息が洩れる。

「横田か」

「ただいま参着つかまつりました」

「おう」

立ち上がって河野が襖を引き開けると、廊下をやってきた横田平蔵が、崩れるように敷居ぎわにひざまずいて頭を下げた。埃《ほこり》まみれの衣服に赤黒く変色した血がにじんでいる。

「遅くなりまして」

「その血は……！」

横田の衣服を見て、清兵衛は瞠目した。

「道中、何かあったのか」

「布田五ケ宿で六人の侍に襲われました」

「江戸藩邸の者か！」

河野が険しい表情で訊く。

「いえ、見覚えのない顔ばかりで……」

「ほかの二人はどうした？」

これは清兵衛である。横田は無念そうに唇を噛んでうつむいた。

「山坂五郎太は……、あえなく敵の手に……」

「討たれたか」

「で、忠吾は？」

河野が矢継ぎ早に訊く。倉橋忠吾のことである。

「かろうじて敵の手を逃れましたが、途中で離れ離れになり……」

しぼり出すような声でそういうと、

「残念ながら、その後の消息はわたしにもわかりませぬ」

横田は沈痛な表情で首を振った。河野も押し黙ってしまった。

清兵衛が気を取り直すように、

「ま、無事であれば、いずれここへくるだろう。……それより平蔵、怪我の具合はどうなのだ？」

「さいわい傷は浅く、大事にはいたりませんでした」

「そうか。それはよかった」

「ところで、酒勾さま」

と横田が思い出したように、

「神谷源四郎と申す浪人をご存じですか？」

「ああ、数馬から密書を託されたといって、わざわざ届けてくれた奇特な仁だ。確か羽州浪人と申しておったが……、おぬし、なぜその浪人を？」

けげんそうに眉をひそめて、清兵衛が訊き返した。

「奇遇なことに、わたしもその浪人者に助けられたのです」

「神谷どのに……」

清兵衛は思わず声を張り上げた。

一瞬、同姓同名かと思ったが、横田からくわしい話を聞くと、やはり同一人物と断じざるを得なかった。面体も横田の話とぴったり一致する。あのような異相の人物はこの世に二人と存在しないだろう。

それにしても、話ができすぎている。世の中に果たしてこんなできすぎた偶然があるものだろうか。

「どうやら、ただ者ではなさそうだな。あの浪人者……」

「もしや、公儀の探索方では？」

と河野がいうのへ、

「いや、それはあるまい」

清兵衛は言下に首を振った。公儀の探索方なら、数馬から託された包みをわざわざ届けにはこないだろう。出石藩の内紛を裏付ける証拠として幕府に提出していたはずである。

「では、いったい……?」

「わからぬ」

清兵衛は太い眉をひと撫ですると、

「わからぬが……、少なくとも、われらの敵でないということだけは確かだ」

といって横田に向き直り、

「その浪人とはどこで別れたのだ?」

「四つ谷の大木戸を過ぎたところです」

「住まいは聞かなかったのか」

「聞いたのですが、一所不在につき、定まった家はないと……」

「うまくかわされたな」

そういって、清兵衛は苦笑いを浮かべた。

四つ谷の大木戸で横田平蔵と別れたあと、幻十郎は水道橋の船着場から猪牙舟《ちょきぶね》に乗って神田川を下り、元柳橋で舟を下りて両国薬研堀《やげんぼり》の鬼八の『四ツ目屋』を訪ねた。

「旦那が留守のあいだに、えらい事件が起きやしたよ」

幻十郎の顔を見るなり、鬼八は開口一番そういった。

「何があったんだ?」

「酒勾清兵衛の仲間の侍が殺されやした」

「仲間というと……?」

「笠原慎吾って侍です。清住町の大家の家で、その家の娘と一緒に膾《なます》に切られて死んでいたそうで」

「それは、いつの話だ?」

「ゆんべの六ツ半(午後七時)ごろだそうです」

「六ツ半か」

それからすでに十刻(二十時間)以上がたっている。いまごろは、もう酒勾清兵衛の耳にも事件の報が入っているだろう。

二人の同志を失った清兵衛が、このあとどう出るか、それが気がかりだった。

正確にいえば、失った同志は二人だけではない。国元からの援軍・山坂五郎太も布田五ケ宿で討たれているし、倉橋忠吾の安否もまだわかっていないのだ。

現在の手勢はわずか三人。その三人で江戸藩邸に引き籠もっている左京父子をどうやって討つつもりなのか。いずれにしても、

（もう一波瀾《ひとはらん》あるかもしれぬ）

と幻十郎は思った。

「で、旅の首尾はどうだったんで？」

鬼八が訊いた。

「弥市に泥を吐かせたぜ」

「じゃ、〝逃がし屋〟一味の正体が……？」

「『肥後屋』って口入屋だ」

「『肥後屋』というと、深川大島町の？」

「おめえ、知ってるのか」

「へえ。蛇《じゃ》の道はヘビでさ」

といって、鬼八はにやりと笑い、

「あるじの茂左衛門って男は、七、八年前まで東海道保土ヶ谷《ほどがや》宿の問屋場《といやば》で働いていたそうで」

問屋場とは、街道を上り下りする旅人たちに伝馬や人足、駕籠《かご》などの差配や、休泊施設の斡旋《あっせん》など、継ぎ立て業務のいっさいを管掌《かんしょう》する宿場の役所で、年寄、帳付《ちょうづけ》（書

記役)、人足指《にんそくさし》(人足差配役)、馬指《うまさし》(伝馬差配役)、迎番《むかえばん》などの役人が常駐していた。

交通量の多い東海道の宿場では、日常的に伝馬や人足が不足していたが、馬指役や人足指役に賄賂《わいろ》を払えば、優先的に人馬を廻してもらえた。保土ヶ谷宿の問屋場で馬指役をしていた茂左衛門も、そうやって荒稼ぎしていたのではないか、と鬼八はいった。

「なるほど」

幻十郎は合点がいったようにうなずいた。

「その金を元手に江戸で口入屋をはじめたというわけか」

「人足差配はお手のものですからね」

「それにしても〝逃がし屋〟稼業とは、うまいところに目をつけたものだな」

「長いこと問屋場で働いていれば、街道筋にも顔が利くようになるし、宿場役人や道中奉行の役人にも手づるができますからね。口入屋はあくまでも表看板、初手《はな》からそれがねらいだったんじゃねえでしょうか」

「うむ」

幻十郎は沈思したが、ややあって、

「鬼八」

と顔を上げ、

「しばらく『肥後屋』を張ってもらえねえか」

「何を探ればいいんで？」

「まず七五郎の行方を探ってくれ」

「七五郎を」

「野郎を締め上げて〝逃がし屋〟のから、く、り、を吐かせてやる。裏の裏まで洗いざらいな」

「わかりやした。さっそく手下を張り込ませやしょう」

「じゃ、頼んだぜ」

といいおいて、幻十郎は『四ツ目屋』を出た。


その夜、戌《いぬ》の刻（午後八時）――。

芝口南、西久保の出石藩上屋敷の門前に、一挺の塗り駕籠がひっそりと止まった。駕籠から降り立ったのは、山岡頭巾で面を隠した武士――道中奉行の龍造寺長門守である。龍造寺が駕籠を降り立つと同時に、門の小扉がきしみを発して開き、三十年配の家士が丁重に龍造寺を迎え入れた。

家士に案内されたのは、藩邸内の西にある家老屋敷の表書院だった。そこには豪華な酒肴の膳部が用意され、仙石左京と江戸家老・相良内膳正が待ち受けていた。

「夜分お運びいただき、恐縮に存じまする」

相良が低頭した。龍造寺はおもむろに山岡頭巾をはずして、

「こちらこそ、お招きいただき恐悦至極」

と礼を返して、酒席に着座した。

「まずは、一献」

と仙石左京が酌をする。しばらく酒の献酬《けんしゅう》がつづいたあと、龍造寺が呑み干した酒杯を膳にもどして、

「国元の主計家が差し向けた三人の密偵のうち、二人は甲州街道の布田宿で仕留め申したが、残念ながら一人は捕り逃がしたそうで」

といった。三人の密偵とは横田平蔵、山坂五郎太、倉橋忠吾のことである。その三人を襲った謎の侍集団が、龍造寺の配下であることはいうを俟《ま》たない。

龍造寺の話によると、どうやら倉橋忠吾も殺されたようだ。

「それと……」

龍造寺が語をつぐ。

「昨夜、『肥後屋』の手の者が、江戸に潜伏していた一人を始末したとか」

「それは重畳《ちょうじょう》」

相良がにんまりと笑い、

「残るは……、逃げた一人と江戸組の二人のみ、もはや物の数ではございませんな」

といって、隣席の左京をちらりと見た。それを受けて左京が、

「龍造寺どのには一方ならぬご尽力をいただいた。あらためて御礼申し上げる」

深々と頭を下げ、龍造寺の酒杯に酒を注いだ。

「ところで左京どの」

龍造寺が見返した。

「末期養子の件、その後どうなり申した？」

「お側用人の田沼さまにお願いして、目下、公儀の要路に根廻しを……」

「ほう、田沼さまに」

「手前どもは大船に乗ったつもりで、田沼さまにおまかせしております」

相良がいった。

「それは祝着《しゅうちゃく》にござる」

「せがれ小太郎が藩主の座に直ったあかつきには、盛大に跡目披露の宴《うたげ》などをもよおす所存。その折りにはぜひまたご来臨くだされ」

左京はしごく上機嫌である。

「ふふふ、それは楽しみ」

龍造寺がふくみ笑いを浮かべて、

「ご子息の晴れ姿、ぜひ拝見つかまつりましょう」

5

三日後の夕刻、鬼八が『風月庵』を訪ねてきた。

案の定、七五郎が『肥後屋』に現れたというのである。北町から南町に月番が変わって探索の手がゆるみ、ほとぼりが冷めたと思ったのだろう。きのうの昼下がり、七五郎は人目もはばからずに『肥後屋』にやってきたという。

「で、野郎はいまどこにいるんだ？」

「もとの古巣にもどりやしたよ」

「古巣？」

「浅草です。七五郎の女が元鳥越《もととりごえ》で髪結《かみゆ》い床《どこ》を構えておりやしてね。近ごろは、もっぱらその女の家に入りびたってるらしいんで」

「そうか。よし、女の家に行ってみよう」

と刀を持って立ち上がると、奥から歌次郎が飛び出してきて、

「お出かけですか？」

「ああ、晩飯はいらねえぜ」

いいおいて、幻十郎と鬼八は『風月庵』を出た。

西の空に桔梗《ききょう》色の雲がたなびいている。陽が没したばかりだというのに、反対側の東の空には、もう三日月が浮かんでいた。弓弦《ゆづる》のように細く弱々しい三日月である。

神田川に架かる浅草御門橋を渡ると、広い通りが北に向かって真っ直ぐ延びている。奥州街道（一名・千住街道）である。この通りを北をさしてしばらく行くと、幕府の御蔵屋敷の手前の堀に二つの木橋が平行して架かっている。天王《てんのう》橋と鳥越橋である。なぜ同じ堀に二つの橋が架かっているのか、定かな理由はわからない。

この橋を渡って北詰をすぐ左に曲がると、元鳥越に出る。

浅草広小路の賑わいにはおよびもつかないが、この界隈《かいわい》にも飲み食いを商う小店が軒をつらね、おびただしい明かりが闇を蹴散らしている。

盛り場の路地を抜けて、その先のひっそりと静まった裏路地に足を向けると、先に立って歩いていた鬼八がふと足を止めて、

「あれです」

と前方の闇を指さした。裏路地の奥まったところに小さな一軒家が建っている。

入口の油障子戸に『髪結い床』の文字が見えた。

黄ばんだ障子窓にほんのり明かりがにじんでいる。

「野郎、きてるようですよ」

鬼八が小声でいった。

「よし」

とうなずくと、幻十郎はふところから黒布を取り出して面をおおった。鬼八も手拭いを引き抜いて手早く頬かぶりをする。

二人は足音を消して戸口に歩み寄り、そっと油障子戸を引き開けた。中は三坪ほどの土間になっており、客用の腰掛けがしつらえてある。土間の奥は二畳ほどの板間になっていて、髪結い用の台箱や鬢盥《びんだらい》、水桶《みずおけ》、鬢付油《びんつけあぶら》の瓶《びん》などが乱雑に置かれてある。

二人は土足のまま正面の唐紙《からかみ》を引き開けて、部屋に忍び込んだ。

六畳の茶の間である。長火鉢に火が残っていて、部屋の中に温もりがただよっている。

その奥は寝間になっているらしい。

襖越しに、男の激しい息づかいと女のあえぎ声が洩れてくる。

幻十郎が無言で手を振った。それを合図に、鬼八ががらりと襖を開け放つ。

「きゃーッ」

悲鳴を上げて飛び起きたのは、全裸の女だった。

「な、何だ！　てめえたちは！」

夜具の上に尻餅《しりもち》をついて、素っ裸の男がわめいている。七五郎だった。情交の真っ最中だったらしく、ぬめぬめと黒光りする一物が股間にぶら下がっている。

「た、助けて！」

逃げまどう全裸の女の鳩尾《みぞおち》に、鬼八が当て身を食らわせた。

「何しやがるんでえ！」

七五郎が気色《けしき》ばんで立ち上がろうとした瞬間、
しゃ！

抜く手も見せず、幻十郎の刀が一閃、七五郎の喉にぴたりと刃先が突きつけられた。

「ひっ！」

七五郎は目を剝いて、またドスンと夜具の上に尻餅をついた。

「七五郎だな」

「ああ」

と、うなずきながら、七五郎は横目でちらりと女のほうを見やった。気絶している全裸の女の乳房に、鬼八が匕首《あいくち》を垂直に突きつけている。

「た、頼む。お、女には……、手を出さねえでくれ」

「おれの問いに素直に答えたら、女の命は助けてやる」

「な、何が知りてえんだ？」

「〝逃がし屋〟を仕切ってるのは、『肥後屋』だけじゃねえだろう。ほかに誰がからんでるんだ？」

「………」

七五郎は返事をためらっている。幻十郎は無言で刀を引いた。七五郎の喉の皮が裂けて糸を引くように血がしたたり落ちた。七五郎の顔が恐怖に引きつった。

「や、やめろ！　殺さねえでくれ！」

「じゃ、素直に吐くんだな」

「い、いう！……ど、道中奉行の龍造寺さまだ」

「そうか、道中奉行が一枚嚙んでいたか」

「た、助けてくれ！　おれは何もしちゃいねえ！　ただの使いっ走りだ。た、頼むから見逃してくれ！」

泣きだしそうな顔で、七五郎が命乞いをする。

「もう一つ、訊く。『近江屋』の内儀と仕立て屋の礼次郎を殺したのは誰だ？」

「く、黒木さんたちだ」

「黒木？」

「黒木弥十郎。『肥後屋』に雇われた浪人者だ」

「なぜ、あの二人を殺した？」

「龍造寺さまが……、『近江屋』の内儀を手込めにしたんだ。そのとき二人に顔を見られたんで、生かしておくわけにはいかねえと……」

「龍造寺が内儀を手込めにしただと？」

覆面の奥の幻十郎の目がぎらりと光った。

「お、おれが知ってるのは、それだけだ！　頼むから、見逃してくれ！」

「そうはいかねえ」

カシャッと刀を逆手に持ち替えた。七五郎の顔が引きつった。

「や、約束が違うじゃねえか！　聞かれたことに答えれば助けてやると、おめえさんそういったはずだぜ！」

「確かに、女の命は助けてやるといった。だが……、貴様は別だ」

「そ、そんな！」

七五郎は怯《おび》えるように後ずさった。刹那《せつな》、幻十郎は逆手にぎりの刀を斜め上に薙ぎ上げた。紫電の逆袈裟である。

鈍い音を発して、何かが宙に舞い上がり、天井にぶつかってゴロンと夜具の上に落下した。切断された七五郎の首だった。首を失った胴体からドッと血が噴き出し、夜具の上にたちまち血溜まりができた。

幻十郎は刀の血ぶりをして鞘に納め、

「行くぜ」

と鬼八をうながし、ひらりと身をひるがえした。

第六章　逆転

1

志乃が買い物に出ようとして土間に下りたとき、戸口にぬっと人影が立った。

「あら、旦那……」

幻十郎だった。黒の羽織に黒羽二重の着流しという身なりである。

「出かけるのか」

「ええ、ちょっと近くの荒物屋さんへ。……どうぞ、お入りくださいな」

「たまには外で飯でも食わんか」

「そういえば、もうお昼ですね」

「うなぎでも食おう」

「ふふふ、旦那が食事にさそってくれるなんて、どういう風の吹き廻しなんですかね」

いたずらっぽく微笑《わら》いながら、志乃は幻十郎のあとについた。

店を出ると、通りの向こうに神田川の土手が見えた。

二人は土手道を上っていった。

この数日、やや寒気がゆるんで、おだやかな日和《ひより》がつづいている。

冬の陽差しを受けてきらきらと輝く神田川の水面を、猪牙舟《ちょきぶね》や屋根舟、荷足船《にたりぶね》など
がゆっくり行き交っている。凪もなく、春のようにのどかな光景である。

「旅に出ていたんですってね」

土手道を歩きながら、志乃がいった。

「歌次さんから聞きましたよ」

「八王子にな」

幻十郎がぶっきら棒に応える。

「仕事?」

「ああ、弥市って男から〝逃がし屋〟の正体を聞き出すためだ」

「で、わかったんですか?」

「くわしい話は飯を食いながらにしよう」

そういって、幻十郎は川岸に足を向けた。

川下に向かってしばらく行くと、川岸にへばりつくように十数軒の船宿が建ち並ん

でいた。幻十郎が足を止めたのは、西はずれに一軒だけポツンと建っている船宿だった。

丈の長い紺暖簾《こんのれん》に『浮舟《うきふね》』の屋号が染め抜いてある。

その暖簾を分けて中に入ると、四十年配の女将《おかみ》が如才のない笑みを浮かべて二人を迎え入れ、二階座敷に案内した。この船宿は季節折々の川魚料理を食べさせるので、江戸の食通に人気があり、昼どきはとくに混む。

四半刻（三十分）ほど待たされて、ようやくうなぎの蒲焼《かばやき》と燗酒《かんざけ》が運ばれてきた。

幻十郎は手酌でやりながら、弥市を締め上げて〝逃がし屋〟の正体を吐かせたことや、その情報をもとに七五郎の居場所を突き止め、お秀と礼次郎の心中事件の真相を聞き出してきたことなどを、あますところなく志乃に伝えた。

「お秀と礼次郎は駆け落ちするつもりで、〝逃がし屋〟に手引きを頼んだのだろう」

「…………」

「だが、それが裏目に出ちまった」

「…………」

箸を止めたまま、志乃は絶句している。

「頼る相手が悪すぎたんだ」

「それにしても、やり口があくどすぎますよ」

怒りのために、志乃の声は極端に低くなっている。

「お秀さんを手込めにしたあげく、心中に見せかけて殺すなんて」

龍造寺の毒牙にかかり、身をよじって苦悶するお秀の姿が、一瞬の閃光のようにきらりと志乃の脳裏をよぎった。

「けだもの……、いえ、けだもの以下です」

吐き捨てるようにいって、志乃は幻十郎に視線を向けた。

「旦那、龍造寺はわたしに殺《や》らせてください」

「お秀の意趣返しか」

「というより、女として許せないんですよ」

「…………」

猪口《ちょこ》の酒をぐいと呑みほして、幻十郎が見返した。

「おれが段取りをつける。それまでしばらく待ってくれ」

志乃は無言でうなずいた。その目にきらりと光るものがあった。涙である。お秀の無念を思うあまりの涙であった。

「志乃」

幻十郎がそっと肩を抱き寄せると、志乃は崩れるようにしなだれかかり、

「お秀さん、やっと……、やっと仕合わせをつかみかけたのに……」

涙声になっている。柳眉もかすかに震えている。

「むごい。……むごすぎますよ」

「死んだものは帰ってこない。もうお秀のことは忘れるんだ」

「でも――」

いいかけた志乃の口を、幻十郎の唇がふさいだ。


『肥後屋』の離れの陽溜まりで、茂左衛門と黒木弥十郎が茶を喫している。

二人とも何やら浮かぬ顔で沈黙していたが、ややあって、

「七五郎がな」

黒木がぼそりとつぶやいた。

「元鳥越の女の家で、首を切られて殺されたそうで」

「首を？」

「物盗りにしては手口が荒っぽすぎますし、妙なことに七五郎と一緒にいた女には手を出さなかったそうです」

「すると、女は下手人を見たわけか」

「二人だったそうです。一人は浪人体で、もう一人は小商人風の男。二人とも覆面をしていたので、顔はわからないと……」

「物盗りの仕業でないとすると、恨みか？」

「町方のお役人はそう見ているようです。何しろ、金のためなら女子供でも平気で手にかけるような男でしたから、恨みだけは人一倍背負っていたようです」

その七五郎を散々利用してきたのが、当の茂左衛門なのである。それを棚に上げて、茂左衛門はぬけぬけといってのけた。

「ま、わしも人のことをいえた義理ではない。せいぜい寝首をかかれぬように気をつけんとな」

黒木が苦笑していった。

「ところで――」

と茂左衛門は懐中から紙包みを取り出して、黒木の前に差し出して、

「これは先生方の今月分のお手当てでございます。お手数ですが、みなさんにお渡し願えますでしょうか」

「おお、ちょうどふところ具合が寂しくなったところだ。わしも助かる」

「では」

と一礼して出てゆく茂左衛門を横目で見送り、黒木は手早く紙包みを広げた。

十四両の金子が入っている。

仲間の浪人の手当ては一人につき三両である。三人分で九両だから、残りの五両が

黒木の取り分になる。その五両をふところに仕舞い込むと、九両の金子をふたたび紙に包み、ごろりと畳の上に横になった。

庭に面した障子に笹の葉影がさらさらと揺れている。

「もう、三年になるか……」

障子に映る笹の葉影を、腕枕でうつろにながめながら、黒木はいつになく感傷にひたっていた。

三年前まで、黒木弥十郎は三河国挙母藩《みかわのくにころも》・内藤二万石の勘定方をつとめていた。

挙母藩の藩領は加茂郡《かもごおり》、遠江《とおとうみ》二郡、美作《みまさか》二郡内にあり、表高《おもてだか》二万石に対して、内高《うちだか》は二万二千六百四十石あった。わずか二千六百四十石とはいえ、表高より内高が上回るのは、勘定方役人の不断の努力に負うところが大きかった。

その勘定方で十年間忠勤してきた黒木は、上役の勘定組頭・志賀多聞《しがたもん》に財務の才幹と実績を認められ、翌年の春には勘定吟味役に昇進することが内定していた。

ところが、その矢先に志賀多聞が病死してしまったのである。

まさに青天のへきれきともいうべき突然の死だった。

だが、黒木の驚きはそれだけで終わらなかった。後任の設楽五郎右衛門《しだらごろうえもん》が、黒木を差し置いて、勘定下役《したやく》の荒木和助《あらきわすけ》を吟味役に抜擢したのである。

（理不尽な……！）

この不当な人事には何か裏があるに違いない。

黒木はそう直観した。

荒木和助は、挙母藩の若年寄をつとめる小幡《おばた》十太夫《じゅうだゆう》の同族の三男坊で、十八のときに勘定下役・荒木稲次郎《いなじろう》の婿養子に入って家督をついだ。もともとが名家の出なのである。

それからしばらくして、黒木の耳にある噂《うわさ》が入ってきた。

小幡家が設楽五郎右衛門に多額の賄賂《わいろ》を贈り、荒木和助のために勘定吟味役の職を買い与えたというのである。

(やはり!)

と黒木は思った。

同時に、抑えに抑えていた怒りが爆発した。城を下がって組屋敷にもどると、黒木はすぐさま旅支度をととのえ、設楽五郎右衛門の屋敷に向かった。

五郎右衛門は屋敷の庭で盆栽の手入れをしていた。その背後に黒木が忍び寄った。気配に気づいて、五郎右衛門が振り向いた瞬間、黒木はものもいわず抜刀し、真っ向唐竹《からたけ》割りに五郎右衛門を斬り捨てると、そのまま脱藩逐電《だっぱんちくでん》した。

それから二年あまり諸国を放浪し、一年前に江戸に流れついた。

二年の歳月は、黒木を別人のように変貌させていた。かつての精悍《せいかん》な面影は片鱗《へんりん》もなく餓狼《がろう》のようにすさんだ面貌をしていた。

変わったのは顔だけではなかった。心もすさみきっていた。食うために追剥《おいはぎ》もやったし、人殺しもやった。人の生き死にに何の感情もわかないほど、心は乾ききっていた。

「この世は金がすべてだ。金をにぎった者が勝つ」

障子に映る笹の葉影をうつろに見つめながら、黒木はぼそりとつぶやいて目を閉じた。

すぐに寝息を立てて眠りに落ちていった。

2

どれほどの時が過ぎたか。

眠りから醒めると、障子に映っていた笹の葉影が消えていて、部屋の中に薄い闇がただよっていた。

むっくり体を起こすと、黒木は紙包みをふところにねじ込んで立ち上がった。

黒木が足を向けたのは、『肥後屋』からほど近い中島町《なかじま》だった。

中島町は東に黒江《くろえ》川、南に大島《おおしま》川、西に油堀《あぶらぼり》の支流が流れる島のような町屋で、町の四隅に橋がかかっている。

三人の浪人者が住んでいる家は大島橋の西詰にあった。

茂左衛門が二年前に土地の漁師から買い取った板葺《いたぶ》き屋根、平屋造りの古い家である。その家を浪人たちに貸し与えていたのだ。

障子窓にほの暗い明かりがにじんでいる。

黒木は入口の板戸を引いて中に入った。廊下の奥に明かりが洩れている。

「おい」

と声をかけても応答がなかった。話し声も物音も聞こえてこない。

不気味なほどひっそりと静まり返っている。

三和土《たたき》に浪人たちの履物があるところを見ると、外出したとも思えなかった。

黒木は不審そうに眉をひそめ、草履を脱いで廊下に上がった。

「今月分の手当てを持ってきたぞ」

声をかけながら、奥の部屋に歩を進めた。襖《ふすま》がわずかに開いている。

がらり。

襖を引き開けた瞬間、黒木はアッと息を呑んで立ちすくんだ。

思わず目をそむけたくなるような熾烈な光景がそこにあった。

まるで朱泥《しゅでい》をぶちまけたように部屋一面が血の海と化している。その血の海の中に三人の浪人者の生々しい斬殺死体が転がっていた。

一人は喉を切り裂かれ、一人は背中を袈裟《けさ》に斬られて倒れている。そしてもう一人は、胸をつらぬかれて板壁にもたれるようにして死んでいた。

次の瞬間、黒木は刀の柄に手をかけて、反射的に跳びすさった。

奥の部屋の闇が動いたのである。浪人たちが寝間にしていた部屋である。

「だ、誰だ！」

わめきながら、闇に目をこらした。

音もなく、寝間の襖の陰からうっそりと黒影が現れた。

「う、うぬは……！」

黒木が目を剝いた。その人影に見覚えがあった。竈《へっつい》河岸《がし》で早川数馬を襲ったときに助っ人に入った浪人者――幻十郎だった。

「また会ったな」

幻十郎が低くいった。

「な、何者だ、貴様！」

「死神幻十郎」

「なに」

「七五郎が洗いざらい吐いたぜ。『近江屋』の内儀と仕立て屋の礼次郎を殺したのは、貴様だとな」

「そうか。七五郎を殺ったのは、貴様だったか」

黒木は凄い目でにらみ返した。が、次の瞬間、やおら廊下の雨戸を蹴破って表に飛び出した。幻十郎も身をひるがえして表に飛んだ。そこへ、

「死ね！」

振り向きざま、黒木が横殴りの一刀を送りつけてきた。幻十郎は上体をそらして切っ先を見切った。刃うなりとともに銀光がよぎった。

黒木は一間ほど跳びすさって、青眼に構えた。

背後には大島川が流れている。川の向こう岸に松平下総守《しもうさのかみ》の下屋敷の築地塀《ついじべい》が見える。

幻十郎は両手をだらりと下げたまま仁王立ちした。刀はまだ抜いていない。

緊迫した対峙《たいじ》がつづいた。

黒木は右に左に足をすりながら、斬り込む隙《すき》をうかがっている。

「一つだけ、聞かせてくれ」

黒木がしぼり出すような声でいった。

「貴様、誰に頼まれてわしらの命を……？」

「冥府魔王だ」

「たわけたことを――」

黒木は鼻でせせら笑った。

「見たところ、貴様もわしらと同じ穴のむじなのようだ。金で頼まれたか」

「それもある」

「いくらで請け負った？」

「それを聞いてどうする？」

黒木はふところから紙包みを取り出した。

「この包みに九両入っている。これで手を打たんか」

「手を打つ？」

「貴様の剣の腕は先刻承知だ。この金で手を引いてくれ」

一拍の間があった。

「――いいだろう」

「ふふふ、話のわかる男だな」

黒木は狡猾《こうかつ》な笑みを浮かべて、左手に持った紙包みを差し出した。

「さ、受け取ってくれ」

「………」

両手をだらりと下げたまま、幻十郎は無言で歩み寄った。次の瞬間、黒木は右片手にぎりの刀を車《しゃ》に返して、猛然と打ち下ろしてきた。凄まじい勢いだった。

一瞬、幻十郎の顔面が断ち割られたかに見えたが、黒木の刀は刃うなりを上げて空《くう》を切っていた。幻十郎が横に跳んだのである。と同時に黒木の右手首を抜き打っていた。


「ぎゃ！」

異様な悲鳴を発して、黒木はのけぞった。

切られた右手首が皮一枚を残して、刀をにぎったままぶら下がっている。それでもなお黒木は左手で金包みをしっかりにぎっていた。恐るべき執念である。

「だ、騙《だま》すつもりはなかった。つい魔が差したのだ。勘弁してくれ」

「…………」

幻十郎は無表情で見つめている。右袖にぶら下がっていた手首が刀の重さで地面に落下した。それを見て黒木はまた悲鳴を上げた。

「か、金は払う。さ、受け取ってくれ」

「遠慮なくもらっておこう」

黒木の左手から無造作に金包みをつかみ取ると、

「三途《さんず》の川の渡し賃にな」

いうなり、逆袈裟に薙《な》ぎ上げた。今度は声も叫びもなかった。

血しぶきを撒《ま》き散らしながら、黒木は大きくのけぞった。そのまま数歩よろめくように後ずさったかと思うと、ふいにその姿が背後の闇に飲み込まれ、

どぼん。

と水音が立った。大島川に転落したのである。暗い川面に無数の水泡がわき立ち、ほどなく黒木の死体がぽっかりと浮かび上がった。

幻十郎は刀を鞘《さや》に納めて、川面に目をやった。

黒木の死体が浮き沈みしながら、ゆっくりと大川のほうへ流されてゆく。

翌日の午後――。

本所相生町の酒勾《さこう》清兵衛のもとへ、国元から早飛脚《はやびきゃく》で手紙が届いた。

(何か悪い知らせでは……)

と不安な面持ちで封を開いた清兵衛の目が、手紙を読み進めてゆくうちに、きらきらと輝きはじめた。かたわらで河野転《うたた》と横田平蔵が固唾《かたず》を呑んで見守っている。

「吉報だぞ！」

清兵衛が顔を上げていった。声がはずんでいる。

「お世継ぎの件、政美《まさみつ》さまの異腹《ことはら》の弟御・道之助久利《みちのすけひさとし》さまが継がれることになった」

「まことでございますか！」

ほとんど同時に、河野と横田が高声を発した。

されたそうだ」

「大殿《おおとの》の鶴の一声で決まったそうだ。公儀にもすでに末期養子《まつごようし》の願いが出され、受理

大殿とは、六月に急逝した藩主・政美の実父・仙石越前守久道《えちぜんのかみひさみち》のことである。

文化十一年（一八一四）、持病の痛風に苦しんでいた久道は、嫡男・政美に家督をゆずって致仕《ちし》、西御殿で療養生活を送っていた。

ところが、政美の死の直後、左京一派は藩医の斉藤良庵《さいとうりょうあん》を抱き込んで、

「大殿には城下の別墅《べっしょ》でご療養なされたほうが……」

と言葉巧みに久道を説き伏せ、西御殿から城下の下屋敷に身柄を移してしまったのである。明らかにこれは、主計《かずえ》から久道を引き離すための奸策《かんさく》であり、事実上の幽閉《ゆうへい》であった。それゆえ久道は、つい最近まで家中の騒動をまったく知らなかった、というより知らされていなかったのである。

急転直下、世継ぎ問題に決着がついたのは、下屋敷詰めの左京派の一部に離反者が出たためであった。事実を知った久道は烈火のごとく怒り、

「政美の跡は、道之助に継がせよ」

と断を下した。

道之助久利は久道の妾腹《しょうふく》の子、すなわち現代でいう非嫡出子《ひちゃくしゅつし》であり、死んだ政美の異母弟に当たる。久道はその久利をあえて政美の末期養子として、すぐさま幕府

に家督相続の儀を願い出たのである。一方、家中の騒動が表沙汰になるのを恐れた久道は、騒動の張本人である仙石左京を、

「沙汰なし」

とし、即刻帰国するよう命じた。

この穏便策には、左京派の反発を抑えるねらいもあった。

かくして、半年間つづいた世継ぎ騒動は一応の収束を見たのだが、清兵衛の胸中には割り切れぬものがあった。

「このまま左京父子を国に帰してしまったら、わしらの面目は丸つぶれだ」

清兵衛が低くつぶやいた。

「お家乗っ取りを企んだ逆賊に、お咎《とが》めなしというのは、得心がゆきませぬ」

河野も憤慨している。

「左京のために、われらは何人の血を流したか――」

横田が無念そうに歯噛みしながら、

「早川数馬、山坂五郎太、笠原慎吾……、そしておそらくは倉橋忠吾も……」

「………」

思いつめた表情で、清兵衛は二人を見た。

「――河野」

「はいっ」

と河野が向き直った。

「平蔵」

「はい」

と横田も緊張の面持ちで居ずまいを正す。

「おぬしたちの命、わしに預けぬか」

「………」

河野と横田は無言で清兵衛を見返した。二人の真剣な眼差しが、清兵衛の意志を汲み取っている。数瞬の沈黙ののち、河野が力強くうなずいた。

「もとより、手前もその覚悟――」

「それがしも」

横田もうなずいた。

「よう申してくれた」

清兵衛の顔にふっと笑みがわいた。が、すぐにその笑みを消して、

「一両日中に左京父子は帰国の途につくはずだ。その機を逃してはなるまい」

「では……」

「藩邸の動きを見定めた上で、決行する」

「さっそく、それがしが藩邸の張り込みを」

横田が買って出る。

「うむ。左京父子を討ち取ったのち、わしらはその場で腹を切る。さすれば、お家に累《るい》がおよぶこともあるまい」

清兵衛は決然といい、国元からの手紙を火鉢の火に投じた。

めらめらと炎が立ちのぼり、燃えつきた手紙は数片の灰となって消えた。


江戸家老の相良内膳正と仙石左京が、暗鬱《あんうつ》たる表情で茶を喫している。

藩邸内の家老屋敷の奥書院である。

「世継ぎの件、まさか大殿の耳に入っていたとは……」

左京がうめくようにいった。表情は弱々しく、急に老け込んだように見える。

「主計どのに、まんまとしてやられましたな」

相良の顔も苦渋に満ちている。

「あと一歩、あと一歩で手が届くところだったのが――」

まだあきらめ切れぬといった表情で、左京は深々と嘆息を洩らした。

「久利さまの末期養子の儀、大殿よりご老中・水野出羽守《でわのかみ》さまに直々に願いが出されていたそうで」

「ご老中に？」

「お側用人の田沼さまもご存じなかったとか」

「そうか」

左京の顔には、ありありと悔しさがにじみ出ている。

「わしらが根廻しをしているあいだに、主計派が先手を打ったというわけか」

「それにしても……」

相良がなかばあきれ顔で、

「異腹の久利さまを政美さまの末期養子に迎えて跡目を継がせるとは、大殿も思い切ったご裁断をなされましたな」

「まさに奇手だ。わしもそこまでは思いつかなんだ」

「主計どのの入れ知恵でございましょう」

「ま、しかし」

冷えた茶をすすりながら、左京は気を取り直すようにいった。

「大殿の台命《たいめい》とあらば、致し方あるまい。わしや小太郎にお咎めなしというのが、せめてもの救いだ。こうなった上は……、相良どの」

「は」

「長居は無用だ。わしらは今夜出立する」

「今夜？」

「公儀の目もあることだからな」

「かしこまりました。では、さっそく旅の支度をさせましょう」

一礼して、相良は腰を上げた。

3

戌《いぬ》の上刻（午後七時）――。

出石藩上屋敷の表門の大扉が、きしみ音を立てて左右に開いた。

門から出てきたのは、提灯《ちょうちん》を下げた小者一人、塗笠《ぬりがさ》の武士、供侍一人、そして二人の陸尺《ろくしゃく》にかつがれた網代駕籠《あじろかご》である。

塗笠の武士が仙石左京、駕籠に乗っているのが息子の小太郎らしい。

西久保の藩邸を出た一行は、芝の切り通しを抜けて、愛宕《あたご》大名小路の南はずれの道を通り、宇田川《うだがわ》町の広い道に出た。東海道である。

そこからさらに神明《しんめい》町、浜松《はままつ》町と南下すると、しばらくして前方に木橋が見えた。

赤羽《あかばね》川に架かる金杉《かなすぎ》橋である。

一行が金杉橋の北詰にさしかかったとき、突然、街道わきの木立の陰から三人の武士が飛び出してきて、行く手をふさいだ。

酒勾清兵衛、河野転、横田平蔵である。いずれも抜刀している。

無言のまま、三人は猛然と突進してきた。

刹那。

一行の先頭に立っていた小者が、提灯を路上に叩きつけた。めらめらと提灯が燃え上がる。それを合図に塗笠の武士と供侍、そして二人の陸尺も刀を引き抜いた。同時に網代駕籠の引き戸が開け放たれ、中から人影が飛び出してきた。それを見て、

「あっ」

と三人は立ちすくんだ。駕籠に乗っていたのは小太郎ではなく、屈強の武士だった。

「ふふふ、まんまとかかったな」

塗笠の武士がせせら笑うようにいった。この武士も仙石左京ではなかった。

「左京さまと小太郎さまは裏門からお立ちになったのだ」

なんと、この一行は囮《おとり》だったのである。

「お、おのれ、謀《はか》ったな！」

小者と二人の陸尺が右に走った。この三人も、むろん藩邸の家士の変装である。

塗笠の武士と供侍、そして駕籠に乗っていた武士が左に跳んだ。

「河野、おぬしは右だ！」

清兵衛が叫ぶ。

「承知！」

河野が右の三人に切っ先を向ける。清兵衛と横田は左の三人と対峙した。

ぶん！

刃うなりがした。左右からの同時の斬撃である。闇に無数の火花が散った。

三対六の凄絶な斬り合いである。

息つくひまもない波状攻撃に、清兵衛たちはかわすのがやっとだった。

河野が捨て身で小者に立ち向かってゆく。

二人の陸尺がすかさず斬りかかる。

数太刀浴びながら、河野は小者を討ち取った。

が、次の瞬間、陸尺の一人が河野の胴を横殴りに払った。たまらず河野は崩れ落ちた。

「河野ーッ」

悲痛な叫びを上げて、清兵衛が振り返った。そこへ塗笠の武士の斬撃が飛んできた。

上段からの叩きつけるような一刀である。さすがにかわし切れなかった。

ぐさっと刃先が清兵衛の右肩口に食い込んだ。大きくのけぞったところを、塗笠の武士が一気に斬り下げる。音を立てて血が噴き出した。

「酒勾さま！」

横田がとっさに駆け寄って清兵衛の体を支えた。

「死ね！」

左横から供侍が刺突《しとつ》の刃をくり出した。ぐさっと切っ先が横田の脇腹に突き刺さる。

「うっ」

横田の体がのめった。間髪をいれず、塗笠の武士が逆袈裟に薙ぎ上げる。

ばっと血が飛び散った。横田と清兵衛は折り重なるように路上に倒れ伏した。

「死体を片づけろ」

納刀しながら、塗笠の武士が下知した。はっとうなずいて、供侍と二人の陸尺が三人の死体を引きずり、金杉橋の上から赤羽川に投げ捨てた。

それからほどなくして、街道の北の闇の中から駕籠の行列が姿を現し、金杉橋に向かって粛々と突き進んできた。提灯をかざした小者が行列の先頭に立ち、駕籠の両脇には編笠の武士と供侍が二人ついている。

塗笠の武士が一行に歩み寄り、うやうやしく頭を下げた。

「刺客三人、首尾よく討ち取りました」

「大儀であった」

低く応えた編笠の武士は、仙石左京であった。

「道中、くれぐれもお気をつけて」

「うむ」

左京父子の行列は何事もなかったかのように、悠然と金杉橋を渡っていった。

「三人そろって討ち死にか――」

囲炉裏の榾火《ほたび》を見つめながら、幻十郎が暗然とつぶやいた。

自在鉤《じざいかぎ》にかけられた鉄鍋《てつなべ》がぐつぐつと音を立てて煮立っている。

今朝方、金杉橋の下流の芝湊《しばみなと》町の漁師が、赤羽川に浮いている三人の死体を見つけて大騒ぎになったという話を、買い物に出かけていた歌次郎が聞き込んできたのである。

「町方が三人の死体を調べたところ、身につけていた守札《まもりふだ》から身元がわかったそうで」

鍋の中の雑炊《ぞうすい》を杓子《しゃくし》でかき混ぜながら、歌次郎がいった。

幻十郎は腕組みをしたまま沈思している。

三人を討ったのが、左京派の手の者であることは、疑うまでもないだろう。

問題は殺された場所である。なぜ芝金杉なのか。

昨夜、左京父子に何か動きがあり、その動きに乗じて挙に出たところを、逆に返り討ちにあってしまったのかもしれぬ。幻十郎はそう思った。

いずれにせよ、三人の死によって、左京父子の暗殺という主計派の目的はついえたことになる。それだけは確かだった。

「どうやら、これで出石藩は仙石左京のものになりそうだな」

「それが領民にとっていいことなのか、悪いことなのか。あっしにはよくわかりやせんが……、さ、できやしたよ」

と歌次郎は鍋の蓋《ふた》を取り、湯気の立つ雑炊を椀《わん》に盛って差し出した。

二人が雑炊をすすりはじめると、入口の板戸ががらりと開いて、

「おう、うまそうな匂いじゃな」

と市田孫兵衛が寒そうに背を丸めて入ってきた。

「市田さまもいかがですか」

歌次郎が声をかけた。

「うむ。ご相伴《しょうばん》にあずかろうか」

と板間にずかずかと上がり込み、囲炉裏の前にどかりと腰を据えた。歌次郎がすかさず椀に雑炊を盛って差し出すと、孫兵衛はそれを一口すすって、

「うん。うまい！」

とうなるようにいい、さらに二口三口とすすり上げ、

「出汁《だし》がよう利いておる。何を使ってるんじゃ？」

「鳥がらです」

「そうか。鳥がらか……、なるほどな」

うまい、うまいを連発しながら、たちまち平らげてしまった。

「もう一杯いかがですか？」

「いや、もう十分だ」

孫兵衛は食べおえた椀を囲炉裏の縁に置いて、

「死神」

と幻十郎に向き直った。

「例の件、まだ目処《めど》は立たんのか」

「あらかた調べはつきましたよ」

雑炊をすすりながら、幻十郎はまず出石藩の内紛の真相について語った。

これまでの調べでわかったことは、藩主・仙石政美が半年前に病死したこと、仙石左京がその喪《も》を伏せて、自分の息子・小太郎に跡目を継がせようと画策していることなどである。それらを巨細《こさい》もれなく話したあと、左京父子の暗殺を図った主計派の三人が、昨夜、芝金杉で斬殺されたことを付け加えた。

「なるほど、そんないきさつがあったか……」

孫兵衛は深くうなずいたが、ふとけげんそうに眉をひそめて、

「しかし、それにしては話のつじつまが合わんな」

「と申されると？」

「今朝方、楽翁さまから聞いた話によると、仙石政美どのが亡くなられたのはつい五日ほど前で、その直後に跡目相続の願いが公儀に出されたそうじゃ」

「跡目相続？　誰が跡目を継いだのですか」

「先代・久道どのの妾腹の子・道之助久利どのを政美どのの末期養子に迎え、仙石家の跡目を継がせたと聞いた。おぬしの話が事実なら、久道どのは政美どのの死んだ日を偽って、急遽《きゅうきょ》、世継ぎ願いを出したのじゃろう」

「公儀はそれを認めたのですか」

「うむ。四日ほど前に正式に決まったそうじゃ」

幻十郎にとっては、まさに寝耳に水の話だった。

「つまり、仙石左京の企みは土壇場でひっくり返されたことになる」

「で、左京に対する咎めは？」

「わしの憶測だが、大老職は解かれるだろうな」

「それだけですか」

「左京を断罪すれば、また新たな争いが起きる。お家安泰のためには穏便策を取らざるを得んだろう」

「しかし、それでは主計派の腹の虫が――」

「なに、左京に代わって仙石主計造酒《みき》どのが大老職の座につけば主計派も納得する。おそらく、それで一件落着ということになるだろうな」

「………」

幻十郎の胸中に何か釈然とせぬものが澱《おり》のように残っていた。

「ところで、〝逃がし屋〟のほうはどうなった?」

「正体を突き止めましたよ。一味の元締めは『肥後屋』という口入屋、それに道中奉行の龍造寺長門守が一枚嚙んでおりました」

「ほう、口入屋と道中奉行か……。よし」

とうなずいて、孫兵衛は懐中から財布を取り出し、

「その二人の命、十両で買おう」

幻十郎の前に十枚の小判を置いた。幻十郎は黙ってその小判を見つめている。

「どうした?　十両では不足だと申すのか」

「その逆ですよ」

「逆?」

「今回はずいぶんと張り込んでくれたじゃないですか」

笑っていった。

「出石藩の件では無駄骨を折らせてしまったからな。そのぶん上乗せしただけじゃ」

「では、遠慮なく」

軽く頭を下げ、幻十郎は十両の金をわしづかみにしてふところに仕舞い込んだ。

4

深い闇の奥に提灯の明かりが三つ、四つ揺らいでいる。

向島の『肥後屋』の寮の表である。提灯を下げて寮の周囲を見廻りに歩いているのは、鉄紺《てつこん》色の羽織に茶縞《ちゃじま》の着流し、腰に長脇差《ながどす》を落としたやくざ風の男たちである。

その中には、深川西念寺《さいねんじ》横丁の地廻り・亥之吉《いのきち》の姿もあった。

男たちと何やら短く言葉を交わし合うと、亥之吉は寮の中に入って行き、奥の部屋の襖を引き開けた。手酌でむっつりと酒を呑んでいた茂左衛門が振り向いて、

「ご苦労さん。変わったことはないかい？」

「いまのところは、何も……」

と応えて、亥之吉は茂左衛門の前に腰を下ろした。色黒で目つきが鋭く、右の頰に五寸ほどの傷痕がある。見るからに凶暴な顔つきをした男である。

「一杯付き合わないかい？」

茂左衛門が徳利を差し出した。

「へい。ちょうだいいたしやす」

酌を受けながら、亥之吉は上目づかいに茂左衛門の顔を見て、

「気休めをいうつもりはありやせんがね。旦那の思い過ごしかもしれやせんぜ」

「いや、いや」

茂左衛門は怯《おび》えるような顔でかぶりを振った。

「あれは決して物盗りや押し込みの仕業じゃありませんよ」

あれとは、黒木弥十郎と仲間の浪人三人が惨殺された事件のことである。

その報が飛び込んできたのは、二日前のことだった。

『肥後屋』の離れに住んでいた黒木が、浪人たちの手当てを届けに行くといって出かけたまま、翌日になってももどってこないので、不審に思った茂左衛門が番頭の与兵衛に様子を見に行かせて事件が発覚したのである。

茂左衛門は飛び上がらんばかりに驚いた。

その前日には、七五郎が元鳥越の女の家で殺されているのである。

ただの偶然とは思えなかった。何者かが自分たちの命をねらっているに違いない。

直観的に茂左衛門はそう思った。

身の危険を感じた茂左衛門は、『肥後屋』を出て向島の寮に籠《こ》もり、亥之吉たちに

身辺の警護を頼んだのである。

「けど、いったい何者が……？」

いぶかるように、亥之吉は首をかしげた。

「それがわからないから怖いんだよ。次にねらわれるのは、わたしじゃないかと……」

極度の不安と恐怖で、茂左衛門の顔は青ざめ、声も震えている。

「ま、しかし、あんまり悪いように考えねえほうがようござんすよ」

「そりゃ、わたしだって悪いようには考えたくないんだが……、自分の身近なところで次々に人が殺されてゆくのを見ると、決していい気持ちは……」

といいさして、茂左衛門はハッと顔を強張らせた。

「どうかしやしたか？」

「いまの音は――」

「音？」

「表で何かが倒れたような音がしたけど、聞こえなかったかい？」

「さァ、気のせいじゃねえんですかい」

「いや、確かに」

「様子を見てきやしょう」

呑み干した猪口を膳にもどして、亥之吉は腰を上げた。

玄関から表に出た瞬間、亥之吉は思わず息を呑んだ。

闇の奥に炎が上がっている。

「おい、何かあったのか！」

叫びながら、網代垣《あじろがき》に沿って走った。闇の奥に小さな炎が三つ上がっている。

燃えているのは三個の提灯だった。亥之吉は凍りついたように立ちすくんだ。草むらにやくざ風の男が三人、血まみれで倒れている。次の瞬間、

「わっ」

と驚声を発して、亥之吉は跳びすさった。

木立の陰からうっそりと黒い人影が歩み出たのである。めらめらと燃え上がる提灯の炎に浮かび立ったのは、死霊《しりょう》のように不気味な面貌の浪人者――幻十郎だった。

「な、なんだ、てめえは！」

亥之吉が腰の長脇差を抜き取った。が、それより速く、
しゃっ！

幻十郎の刀が紫電一閃、亥之吉を袈裟がけに斬り下ろしていた。

亥之吉は声もなく闇の底にのめり込んでいった。

抜き身を引っ下げたまま、幻十郎は網代垣を軽々と飛び越えた。

トンと垣根の内側に着地し、油断なく四辺を見廻した。そこは寮の庭だった。手入れの行き届いた松や黄楊《つげ》の木、石燈籠《いしどうろう》、庭石などが整然と配されている。

視線を奥に転じると、庭に面した部屋の障子に茂左衛門の影が映っている。

幻十郎はゆっくり歩み寄り、土足のまま濡れ縁に立った。

「何かあったのかい？　亥之吉さん」

茂左衛門の声がした。幻十郎は無言のまま濡れ縁に立ちはだかっている。

「亥之吉さん？」

再度声がして、障子がからりと引き開けられた。目の前に幻十郎が立っている。

「ひえッ！」

度肝を抜かれて、どすんと尻餅《しりもち》をついた。

「だ、誰だい！　おまえさんは」

「冥府の刺客」

「ええッ！」

「貴様の命をもらいにきた」

「だ、誰か！　助けてくれーッ」

這《は》いつくばって廊下に逃れようとする茂左衛門へ、幻十郎は脇差を抜きざま投擲《とうてき》した。脇差は茂左衛門の右太股を縫って、畳に突き刺さった。

「ぎえッ」

絶叫を上げて茂左衛門はのけぞった。右太股には脇差が突き立っている。まるで串刺しにされた蛙《かえる》のようにぶざまな姿である。

幻十郎は片膝をついて、大刀の刃先を茂左衛門のうなじに押しつけた。

「た、頼む。命だけは……、命だけは助けてくれ！」

「見苦しいぜ、茂左衛門」

「わ、わたしは、ま、まだ死にたくない。……た、助けてくれ」

「地獄に堕《お》ちろ」

吐き捨てるようにいって、大刀の峰に左手を宛てがい、全体重をかけてグイと引いた。刃先が茂左衛門の首に食い込んだ。

「ぎゃーッ」

茂左衛門が断末魔の悲鳴を上げた。それが最期の声だった。骨を断つ音がして、茂左衛門の首が蹴鞠《けまり》のように畳に転がった。おびただしい血が畳を濡らしている。

茂左衛門の右太股に突き刺さった脇差を引き抜き、両刀の血ぶりをして鞘に納めると、幻十郎は濡れ縁からひらりと庭に下り立ち、闇の深みに消えていった。

四半刻後――。

幻十郎は両国米沢町の盛り場の路地を歩いていた。

師走に入って寒さがいっそう厳しくなった。そのせいか盛り場の人出も心なしか少ない気がする。白い息を吐きながら、ほろ酔い機嫌の男たちが足早に通り過ぎてゆく。

幻十郎は盛り場の一角にある小料理屋の前で足を止めた。

浅黄《あさぎ》色の暖簾に『ひさご』の屋号が染め抜いてある。

その暖簾を分けて、中に入った。客は三、四人。近所の小商人風の男たちである。

幻十郎は奥の小座敷に向かった。

志乃が物憂《う》げな風情で盃をかたむけている。

「待たせたな」

「いえ」

かぶりを振って、志乃は居ずまいを正した。

「わたしもいま着いたばかりですよ」

「そうか」

「まずは一杯」

志乃がたおやかな手つきで酌をしながら、

「で……？」

と、すくい上げるように幻十郎の顔を見た。

「仕留めたさ」

幻十郎がぼそりと応える。志乃の反応はなかった。能面のように表情のない顔で、

「そう」

と小さくうなずいただけである。

二人の会話はそこでぷつりと途切れ、少時無言の献酬がつづいた。

志乃が三本目の徳利に手をつけようとしたとき、鬼八がこそこそと入ってきて、

「遅くなりやして」

ぺこりと頭を下げて小座敷に上がり込み、

「龍造寺は、浜町河岸の『柏屋《かしわや》』って料亭の離れで呑んでおりやす」

と小声でいった。

「料亭？　一人でか？」

「いえ、出石藩の江戸家老・相良内膳正と一緒で」

「江戸家老の相良？　……なるほど、鬼八、それで絵解きができたぜ」

幻十郎の目がきらりと光った。

甲州街道の布田五ケ宿で、横田平蔵、山坂五郎太、倉橋忠吾の三人を襲った謎の武士集団は、道中奉行・龍造寺長門守の配下の侍に違いない。

それを依頼したのが、江戸家老の相良内膳正だとすれば、相良も仙石左京のお家乗

っ取り計画に一枚噛んでいたことになる。先夜、芝金杉で酒勾清兵衛や横田平蔵、河野転の三人を殺害したのも、おそらく相良の手の者たちの仕業だろう。

「よし」

幻十郎がうなずいた。

「行きがけの駄賃《だちん》だ。ついでに相良も始末してやる」

「二人が『柏屋』に入ったのは一刻ほど前ですから、あと四半刻ほどでお開きになるんじゃねえかと」

「そうか。ご苦労だった」

幻十郎はふところから金子二両を取り出して、鬼八の手ににぎらせた。

「じゃ、あっしはこれで」

一礼して、鬼八はそそくさと店を出ていった。それを見送ると、

「志乃」

と幻十郎が険しい目を志乃に向けた。

「龍造寺は、おめえにまかせる。支度はできてるな?」

「抜かりはありませんよ」

無表情に応えて、志乃は帯のあいだから細い筒状のものを引き抜いた。

長さ一尺五寸（約四十五センチ）ほどの朱塗りの笛《ふえ》である。

その笛の両端を引くと、中からきらりと光るものが現れた。身幅《みはば》七分（約二一センチ）ほどの両刃《もろは》平造《ひらづく》りの仕込み小太刀だった。

「じゃ、そろそろ……」

仕込み小太刀をパチンと納めて帯のあいだに差し込むと、志乃はゆっくり腰を上げた。

幻十郎も猪口の酒を呑み干して立ち上がった。

「よもや、かような結末になるとは――」

痛恨の面持ちでつぶやいたのは、出石藩江戸家老・相良内膳正である。その前で龍造寺長門守が、これも苦々しい顔で酒杯をかたむけている。

そこは浜町河岸の料亭『柏屋』の離れである。どこからともなく雅《みや》びな琴《こと》の音《ね》が流れて来、ときおり合いの手を打つように、カーンと鹿威《ししおど》しの乾いた音がひびいてくる。

「いまだに悪い夢を見ているような思いでござる」

「それにしても……」

龍造寺がやり切れぬように嘆息をつく。

「こたびの一件、ご療養中の大殿の耳に洩れ伝わるとは、まさに千慮《せんりょ》の一失《いっしつ》。左京どのもさぞや無念の思いでご帰国なされたことでござろう」

「龍造寺どのにはくれぐれもよろしくと――」

と頭を下げて、相良が懐中から袱紗《ふくさ》包みを取り出した。

「些少でござるが、これはほんの御礼のしるし。どうぞご笑納くだされ」

「お志、ありがたくちょうだいつかまつる」

龍造寺はさも当然のごとく袱紗包みを受け取って、ふところに仕舞い込んだ。

「これに懲《こ》りず、今後ともよしなにお付き合いのほどを」

「こちらこそ、よろしゅう」

「おっつけ深川から妓《おんな》がまいりますので、龍造寺どのはごゆるりと……」

と腰を上げる相良に、

「もう、お帰りになられるのか」

「所用がござるので、手前はこれにて失礼つかまつる」

と一礼して、相良は離れを出ていった。

渡り廊下を去って行く相良の足音に耳をかたむけながら、龍造寺はふところから袱紗包みを取り出して、おもむろに包みを開いた。切餅《きりもち》二個。五十両の金子である。

「ふふふ、五十両に女付きか……」

ほくそ笑みながら、龍造寺は酒杯を口に運んだ。

5

そのとき――。

『柏屋』の裏手の黒船板塀《くろふないたべい》の切戸口《きりとぐち》が、かすかなきしみを発して開き、黒影がするりと忍び入ってきた。志乃である。身をかがめながら、志乃は闇を透かし見た。

左手奥の植木越しに離れの明かりが見える。

カーン。

鹿威しの音がひびく。その音に向かって志乃はゆっくり歩を進めた。

渡り廊下に出た。廊下の下の石畳のわきに蹲踞《つくばい》があり、そこから落ちる水が鹿威しを鳴らしているのである。

あたりに人影がないのを見定めると、志乃は渡り廊下に上がり込み、離れの濡れ縁に足を向けた。また、カーンと鹿威しの乾いた音が鳴った。

「誰だ？」

気配を感じたのか、障子越しに龍造寺のしゃがれ声がした。

「お酌をするよう申しつかってまいりました」

「おう、待っていたぞ。入れ」

志乃は障子を引き開け、敷居ぎわにひざまずいて手をついた。

「失礼いたします」

「ほほう」

龍造寺が好色そうな笑みを浮かべて、

「美形じゃのう。さ、さ、中へ」

うながされるまま、龍造寺のかたわらに腰を下ろし、膳の上の銚子《ちょうし》を取ろうとすると、龍造寺がいきなり志乃の肩を引き寄せて、襟元に手をすべり込ませた。

「あ……」

「ふふふ、乳のふくらみもなかなかのものじゃのう」

「あ、お戯《たわむ》れは、おやめくださいまし」

「何が戯れだ。客を楽しませるのが、おまえの仕事ではないか」

いいながら、龍造寺は荒々しく志乃を押し倒し、片手で襟元をグイと広げた。

大きく広げられた胸元から、白い豊満な乳房がこぼれ出る。

龍造寺は片方の乳房をわしづかみにして、かぶりつくように口にふくんだ。

「あ、ああ……」

身をよじってあらがいながら、志乃は右手をそっと帯に伸ばし、朱笛の仕込み小太刀を引き抜いた。龍造寺はむさぼるように乳房を吸っている。

志乃は仕込み小太刀を右逆手に持って、龍造寺の首のうしろに右腕を廻した。

龍造寺の手が志乃の着物の下前をはぐり、指先が太股から股間へと伸びてゆく。

刹那……。

一閃の光とともに、仕込み小太刀が龍造寺の盆《ぼん》の窪《くぼ》に打ち込まれた。

「うっ」

とうめいて、龍造寺は白目を剝いた。

龍造寺の盆の窪をつらぬいた小太刀の切っ先は、延髄《えんずい》にまで達していた。延髄は後脳と脊髄《せきずい》をつなぐ急所中の急所である。

仕込み小太刀を引き抜いて、志乃は龍造寺の体を押しやった。

ごろりと横転した龍造寺の体は、もうぴくりとも動かなかった。ほぼ即死である。

立ち上がって身づくろいをすると、志乃は仕込み小太刀を帯にはさみ、ふところから簪《かんざし》を取り出した。お秀の形見となった翡翠玉《ひすいだま》の銀簪である。それをじっと見つめるや、

「怨み！」

と一声を発して、簪の尖端を龍造寺の胸に突き立てた。

一瞬、龍造寺の死体がひくっと動いた。

翡翠玉の簪が、さながらお秀の墓標のように垂直に突き立っている。それを冷やや

かに一瞥《いちべつ》すると、志乃はひらりと着物の裾をひるがえして座敷を出ていった。

それからほどなくして、

「お待たせいたしました」

と女の声がして、着飾った女がしんなりと入ってきた。相良内膳正が呼び寄せた深川の茶屋女である。

「あら？」

女がいぶかる目で部屋の中を見た。龍造寺が畳に仰臥《ぎょうが》している。

「お客さん、こんなところで、うたた寝をしたら風邪を引きますよ」

次の瞬間、龍造寺の胸に突き立っている簪に気づいて、女は、

「きゃあッ……」

悲鳴を上げたかと思うと、そのままへなへなと崩れ落ちて、気を失ってしまった。


エイホ、エイホ、エイホ……。

闇に塗り込められた浜町河岸に、男の野太い掛け声がひびく。

あんぽつ（町駕籠）をかつぐ駕籠かきの声である。先棒と後棒が煙のように白い息を吐きながら、寝静まった河岸通りをひたひたと走ってくる。

駕籠に揺られているのは、相良内膳正である。

仙石左京を送り出してからの相良は、世継ぎ問題の後処理に忙殺されていた。左京派のために動いてくれた側用人・田沼意正や幕閣の要路へのお礼廻りが、そのおもな仕事だった。そして最後に料亭『柏屋』で道中奉行・龍造寺長門守を接待し、ようやくその任から解放されたのである。

（貧乏くじを引いてしまったな）

駕籠に揺られながら、相良は内心苦々しくつぶやいた。

左京の企てが成功し、左京の息子・小太郎が出石藩七代藩主の座についた暁には、相良には国元の大老職が約束されていたのである。

だが……。

一転して左京の企ては頓挫《とんざ》、相良の野望もついえた。それればかりか左京派に加担した罪を問われ、江戸家老の職も解かれてしまったのである。たとえていうなら、勝ち馬に乗ったつもりが、勝利を目前にして落馬してしまったようなものだった。

（わしには運がなかった）

徒労感と脱力感、そして駕籠の揺れと酔いが眠りをさそった。

うつらうつらと舟を漕《こ》ぎはじめた、そのときである。ふいに駕籠が止まり、

「わっ」

と駕籠かきの叫び声が上がったかと思うと、駕籠がドスンと地面に下ろされた。

「どうした？」

駕籠の簾《すだれ》をはね上げて、相良は不審そうに表を見た。

何に驚いたのか、二人の駕籠かきが脱兎の勢いで闇のかなたに走り去ってゆく。

異変を看取した相良は、刀の柄に手をかけて用心深く駕籠を下りた。

「……む？」

闇の中に黒い影法師が佇立《ちょりつ》している。

「な、なにやつ！」

影法師が無言で歩み寄ってきた。幻十郎だった。

「貴様の手の者に殺された酒勾清兵衛どのとは、いささか縁があってな」

「酒勾清兵衛？……うぬの名は」

「死神幻十郎。酒勾どのの供養をさせてもらう」

「お、おのれ、曲者！」

怒気を発して、相良が斬りかかってきた。それを横っ跳びにかわすと、
しゃっ！

抜く手も見せず、逆袈裟に斬り上げた。

「うっ」

うめき声を上げて、相良はのけぞった。幻十郎はすかさず剣尖を車《しゃ》に返して、斜め

下に斬り下げた。ビューッと音を立て血飛沫《ちしぶき》が飛び散った。

刀がきらりと宙に舞い、相良は虚空をかきむしるようにして数歩よろめいた。

相良の体が地面に倒れ伏すのを待たず、幻十郎は鍔鳴《つばな》りをひびかせて納刀し、背を返して歩き出していた。二、三歩踏み出したところで、
ドスン。

と背後に相良が倒れ込む音を聞いたが、幻十郎は振り向きもせずに立ち去った。


これより六年後の天保二年（一八三一）——。

仙石家にふたたび内紛が起こった。事の発端となったのは、仙石左京の一子・小太郎が播磨《はりま》佐用郡《さようごおり》五千石・松平主税《ちから》の娘を嫁に迎えたことだった。松平主税は時の老中・松平周防守康任《すおうのかみやすとう》の実弟であり、主税の娘は周防守の姪《めい》に当たる。

このことがふたたび主計派の反感を買い、

「左京はなおも主家横領の野心を内蔵して徒党を組み、藩政を紊乱《びんらん》させている」

と左京弾劾《だんがい》の声が澎湃《ほうはい》としてわき起こったのである。

やがてこの騒動は、左京派に肩入れをする老中首座・松平周防守と、周防守の政敵である老中・水野忠邦《みずのただくに》との政争に発展したが、最終的には将軍家斉《いえなり》の内済《ないさい》によって水野に公裁の権利が与えられた。

その結果、仙石左京は獄門、側近二名が死罪、ほか十名が遠島・追放。また松平周防守康任と弟の松平主税には隠居・謹慎が命じられた。

これが世にいう「仙石騒動」の結末である。

本書は、二〇〇五年六月、徳間書店から刊行された『逆賊　冥府の刺客』を改題し、加筆・修正し、文庫化したものです。

文芸社文庫

姦計　死神幻十郎

二〇一七年十月十五日　初版第一刷発行

著　者　黒崎裕一郎
発行者　瓜谷綱延
発行所　株式会社　文芸社
〒一六〇－〇〇二二
東京都新宿区新宿一－一〇－一
電話　〇三－五三六九－三〇六〇（代表）
〇三－五三六九－二二九九（販売）

印刷所　図書印刷株式会社
装幀者　三村淳

ISBN978-4-286-19171-3